제국의 반역자

1

차례

샤이나르를 찾아라

　대도시의 서부, 작은 호숫가 주변에 별장이 하나 있었다. 나와 카르자야 형은 그 별장 2층의 방 침대 위에서 같이 쿨쿨대며 밤잠을 자고 있었는데, 해가 막 뜨기 시작할 무렵에 방문을 박차고 들어온 세이지 스승님에게 귀 잡아당기기를 당하여 늦잠에서 깨어날 수밖에 없었고, 카르자야 형도 마찬가지로 당했다. 우리는 별장에서 바깥으로 거의 끌려 나오다시피 하였다. 세이지 스승님은 눈을 비비적대고 하품하는 우리에게 목검을 하나씩 던졌다. 우린 자동반사로 그 목검을 건네받았다.

　"내려쳐라, 더 강하게! 페네시스, 너무 동작이 느려! 카르자야, 좀 더 강하게 목검을 쥐어라!"

　우린 나란히 정렬한 채로 목검을 허공에 대고 내려치기를 하며 검술 수련을 시작하였는데, 우리 앞에 서 있던 세이지 스승님이 내 이름을 부르기도 하고 카르자야 형의 이름을 부르기도 하면서 우리 검술의 문제점들을 지적했다. 그건 그렇고, 이른 아침부터 검술 수련이라니… 잠을 충분히 자서 키가 커야 할 우리에게 너무한 거 아냐?

"그만! 자리에 앉아라."

검을 내려치는 데에만 30분을 소요한 끝에 세이지 스승님이 지시를 내렸고, 우린 검을 내려치는 것을 그만뒀다. 우린 지시대로 풀들이 무성한 바닥에 앉았고 세이지 스승님은 헛기침을 몇 번 하더니 공지를 하듯 우리에게 말했다.

"잘 들어라. 너희는 전 세계 영토의 2/3를 차지한 위대한 올리노프 제국의 황위 계승자이다. 정말 기특하게도 너희에게는 올리노프란 성이 붙어있지. 올리노프 카르자야나, 을리노프 페네시스가 바로 그 예이다. 통일 전쟁이 빈번한 이 시대에는 강력한 힘을 가진 통치자가 필요한 법이지. 그 강력한 힘이란 권력만을 의미하지는 않는다. 대장을 노려 습격하는 이가 있을 때 이를 방어해낼 수 있는 호신술과 병사들의 사기를 고취하기 위해 직접 전장에 참여해 앞장서는 용병술, 그것들을 발휘하기 위해선 가장 기초적인 무기인 검 수련부터 앞으로 정진해 나가야 할 것이다."

곧 30대를 앞둔 사람치곤 말하는데 기개가 상당해 보였다. 오직 말만으로 우리를 자기계발 하도록 유도하고 있는데, 말솜씨가 여간 보통이 아닌 것 같다.

"카르자야, 페네시스. 너희는 이 올리노프 제국의 미래이다. 큰 사명감을 가져라, 이 광활한 대륙을 품을 수 있도록. 큰 열정을 가져라. 어떠한 추위로도 사그라질 수 없을 정도로. 페네시스!"

갑자기 연설하다 말고 내 이름을 크게 부르자 난 흠칫 당황했다.

"예, 예! 스승님."
"오늘은 자신 있느냐?"

오늘은 자신이 있느냐는 의미는, 내가 오늘 카르자야 형하고 대결해서 이길 자신이 있느냐는 뜻이다. 나는 카르자야 형과 같은 날 같은 시각에 검술 수련을 지도받았다. 하지만 그럼에도 불구하고 난 카르자야 형과 대결해서 한 번도 이긴 적이 없었다. 난 항상 목검을 맞대며 버티다가 형의 강력한 일격에 목검이 날아가 버리고, 비무장 상태로 패배를 선언하는 경우가 많았다. 오늘만큼은 지지 않을 거야, 특히 지고 싶지 않은 카르자야 형에겐 말이지.

"예, 자신 있습니다."

난 주먹을 강하게 쥐며 대답했다. 이에 세이지 스승님은 만족스러워하는 느낌이었다.

"좋다, 둘 다 자리에서 일어나라. 6번째 대결을 시작해보자꾸나."

나와 카르자야 형은 자리에서 일어나 일정 거리를 유지하려 들었다. 검술 대결을 펼치기 전에 하는 간단한 인사를 한 뒤, 서로 목검을 들이밀며 신경전을 벌였다. 서로 옆걸음을 걸어대며 언제라도 싸울 수 있는 자세를 취했다. 때마침 강한 바람이 불었고, 그 바람은 세이지 스승님의 장발 은색 머리와 카르자야 형의 푸른 올백 머리, 나의 붉은 레이어

컷 머리를 살짝 흩트러 놓았다. 여름임에도 불구하고 바람이 시원하게
느껴져, 날 기분 좋게 만들었다. 부는 바람에 정신이 팔려있을 때였다.

"이야아아앗!"

「탁!」

카르자야 형이 내가 정신줄 놓고 있는 그 순간을 놓칠 리 없었다. 내
앞으로 빠르게 달려오더니 목검으로 하여금 그대로 내려쳤다. 난 내
손목을 비틀어 검을 가로 자세로 하며 그 공격을 막아냈다. 난 상대방
의 목검을 밀어낸 뒤, 목검을 상대방 쪽으로 가리키며 그대로 돌진, 찌
르기 공격을 하였다. 카르자야 형은 내 갑작스러운 행동에 놀랐는지
제대로 방비를 하지 못했다. 복부 부분을 세게 강타당하더니 이내 뒤
로 넘어져 버렸다.

"으웃, 이젠 좀 하는데? 페넨."

카르자야 형은 내 애칭을 부르며 칭찬하고는 옷을 가볍게 훌훌 털며
자리에서 일어났다. 그러곤 다시 목검을 앞으로 내밀며 경계 자세를
취했다. 난 이 기세를 몰아 앞으로 이 보 전진하며 목검으로 계속해서
내려쳤다. 카르자야 형은 막으면서도 기회를 보아 옆으로 금세 이동하
더니 목검을 휘둘러 내 허리 부분을 공격했다. 난 이 갑작스러운 공격
에 3번씩이나 당하고 말았다. 2분여간 그렇게 싸웠을까, 이를 지켜보
던 세이지 스승님이 멈추라는 지시를 내렸을 때 우린 싸우는 걸 그만
두었다.

"흐음…"

세이지 스승님은 누가 이 싸움에서 승리했는지에 대해 진심으로 고민하는 듯했다. 우리는 목검 수련에 사용한 에너지를 보충하기 위해 목검을 노인의 지팡이처럼 바닥에 지탱하며 헉헉댔다.

"오늘도 카르자야의 승인 것 같군."

아아… 그렇게 열심히 움직여가며 싸웠건만, 또 졌구나. 그래도 급하게 생각해 낸 찌르기로 한 포인트를 따냈기에 세이지 스승님이 고심한 게 아닐까 생각한다. 졌지만 후회는 없는 싸움이었다. 카르자야 형이 웃는 얼굴로 내게 손을 내밀었다. 악수하자는 의미인가, 난 반가운 마음으로 그 손을 잡았다. 이윽고 손을 풀었을 때, 카르자야 형이 세이지 스승님에게 의문스러운 부분에 대해 속 시원하게 털어놓았다.

"그런데 비스바덴이나 샤이나르는 오늘 검술 수련을 안 받나요? 저하고 페넨만 검술 수련이라니, 불공평한 거 아닌가요?"

여기서 우리 일가에 관해 설명을 할 필요가 있을 것 같다. 황제이신 위대한 우리 아버지는 처를 한 명만 두곤 자식을 낳았는데, 아들만 넷에, 딸은 막내 하나뿐이다. 그중 첫째 아들은 방금 전에 나와 검술 대결을 펼쳤던 나보다 한 살 위인 카르자야 형이다. 둘째는 잘생긴 나고, 셋째는 나보다 한 살 아래인 비스바덴이란 내 동생이다. 비스바덴의 검실력은 일취월장하는 나와 카르자야 형에 비하면 아직 코흘리개에 불과하나, 그는 마법에 어느 정도 정통하여 검사보다는 마법사 계열에 좀 더 적합하다.

여가 시간엔 항상 독서실에서 책을 읽으며 시간을 보내는 편이다. 그래서 그런지 나이가 한 살 더 많은 나임에도 동생의 지식수준엔 영 따라갈 수가 없었다. 박식하고 재주가 좋은 게 비스바덴의 특기다. 샤이나르는 나보다 두 살 어린 넷째 아들인데, 입담이 거칠고 방탕하여 노는 것만 좋아하는 녀석이다. 한 가지 장점이라면 입담을 터는 실력이랄까, 친구가 많아서 그런지 정보를 많이 갖고 있다. 막내딸은 나중에 다시 설명하도록 하겠다.

"비스바덴은 중 하급마법사 시험을 보기 위해 올리노프 제국의 수도로 갔다. 오늘 저녁쯤엔 돌아오겠지. 그보다 문제는 샤이나르다. 아까 별장의 잠자는 방에 갔더니 사라지고 없더군. 어디 짐작 가는 데 없나?"

샤이나르 녀석… 또 자는 척하고 밤중에 놀러 나가버렸군. 어딜 싸돌아다니는 거야 대체. 세이지 스승님은 우리보고 샤이나르를 3시간 내로 찾아오라고 임무를 주었다. 카르자야 형과 나는 불평불만을 곱씹으며 휴식 시간을 반납하고 샤이나르를 찾으러 대도시 세릴을 향해 숲속으로 난 인도를 통하여 나란히 걸어갔다.

"하아, 시원하다~"

숲 속은 참으로 대자연이다. 몬스터 하나 보이지 않는다는 것, 그 때문일까. 나뭇잎 소리가 우리 귀에 직접 대고 속삭이고 있다. 나는 기지개를 켜며 바람을 쐬었다.

세릴이란 대도시는 별장에서 30분 정도만 걸으면 충분히 도착할 수 있었다. 마을이 높은 성곽으로 둘러싸여 있어 제법 삼엄하다는 느낌을 줄 정도였다. 우린 위병소에서 보초를 서는 병사 둘에게 제지를 받았다. 신분증을 검사하겠다는 변명으로 우릴 압박했다. 이에 카르자야 형이 앞에 나서며 우리에 관해 설명했다.

"난 제 1 황위 계승자 올리노프 카르자야. 내 옆에 있는 아이는 제 2 황위 계승자 올리노프 페네시스다. 들어본 적은 있을 텐데…?"
"에엣, 그렇습니까. 얼굴을 잘 모르고 있어서 그런데, 신분증 확인 부탁합니다."
"그런 건 지참하지 않았다."
"신분증이 없으면 황족이란 신분을 증명할 수 없으므로 이 위병소를 통과하실 수 없습니다. 차림새를 보아하니 높은 신분인 건 알겠습니다만, 양해 부탁합니다. 물러가 주십시오."
"이 자식들이…!"
"방금 뭐라고 하셨습니까?!"

워낙 순식간에 벌어진 일이라 난 깜짝 놀라 멍하니 있었다. 카르자야 형이 가까이 있는 위병에게 주먹을 갈겨 쓰러뜨리고는 그 위병의 몸 옆에 부착되어있는 검집으로부터 날카로운 검을 뽑아들었다. 이에 깜짝 놀란 또 다른 위병 하나가 줄행랑을 치며 크게 외쳤다.

"경계 태세, 경계 태세! 위병소 앞에 수상한 침입자가 있다! 5분 대기조, 현 시간부로 패턴 C를 전개!"
"그래그래, 이렇게 나와야 재밌지! 날 좀 더 재밌게 만들어달라구! 하핫."
"카르자야 형, 아무리 그래도 그렇지… 이번 장난은 좀 지나친데?"

내가 카르자야 형의 잘못을 탓하는 사이에, 성문 안쪽으로부터 갑옷으로 무장된 위병들이 튀어나오기 시작했다. 그들은 우릴 순식간에 포위해버렸다. 우리는 등을 맞댄 상태로 위병과 대치하였다. 숫자는 대략 8명, 과연 싸워서 이길 수 있을까? 지금 당장에라도 좋으니 신분증을 제출하는 것이 좋지 않을까? 그때였다.

"모두 검을 거둬주십시오!"

위병소장으로 보이는 이가 위병소에서 나오더니 모두에게 검을 거두라고 지시하지 않는가. 워낙 높은 직위를 가진 그였기에 위병들은 두 말없이 따랐다. 위병들은 검을 검집에 집어넣고 뒤로 물러섰다. 위병들이 싸움을 중단하자, 카르자야 형은 "에이, 시시해" 라고 말하는 것 같은 표정을 지었다. 위병소장은 위병들을 물러가게 하고는 우리에게 다가오더니 자신의 정체를 밝혔다.

"다렌스 중사입니다. 올리노프 카르자야님, 올리노프 페네시스님 맞으시죠? 그 고명은 예전부터 익히 들어 잘 알고 있었습니다."

제법 정중한 예의를 갖춰 말하는데도 불구하고, 카르자야 형은 다렌스 중사에게 핀잔을 주기 시작했다.

"중소도시도 아닌 대도시 세릴의 위병들이 올리노프 제국 황태자의 얼굴조차도 모르고 있다. 이게 말이 되는가?"
"무례를 용서해주십시오. 잘못을 저지른 대원들은 확실히 교육하겠습니다."
"그래, 제법 말이 통하는군. 너, 관등성명이 뭐라고 했지?"
"다렌스 중사입니다."
"그댄 어떻게 우리의 얼굴을 기억하는가?"
"6개월 전, 올리노프 제국의 수도 레타카에서 진급 시험을 보던 중에 우연히 구경하러 나오신 두 분을 가까이서 뵌 적이 있었습니다. 그땐 가볍게 인사를 올렸습니다만, 투구도 쓰고 있었기에 기억 못하시는 게 당연할 것입니다."
"이곳, 세릴에 제 4 황위 계승자, 샤이나르가 들렀지?"
"어젯밤에 이곳을 지나가셨습니다. 확실한 정보입니다."
"그래, 다음에 기회 되면 또 보기로 하지. 가자, 페넨."
"아, 응."

우린 한차례 소동 끝에 세릴의 정문을 통과하였다. 신분증이 있는데도 없다고 투덜대며 귀찮은 일을 만들어내는 카르자야 형의 알 수 없는 행동엔 이제 질렀다. 비무장 상태인데도 불구하고 싸움을 이끌어내니 말이다. 난 형의 행동을 이해할 수 없었다.

"이러는 편이 재밌잖아?"

내가 아무리 물어봐도 카르자야 형은 재미라는 단어를 꺼내며 싱글벙글 웃기만 하였다. 아아, 그래? 재밌으시다 이거지…? 어쨌든 세릴에 들어온 이상 우리는 어딘가에서 방탕하게 놀고 있는 샤이나르를 찾아야 한다. 하지만 그가 어디서 놀고 있을지 짐작 가는 데가 별로 없다. 게다가 여긴 대도시, 사람을 찾기엔 범위가 매우 넓었다.

"카르자야 형, 어디부터 찾을래?"

난 카르자야 형에게 의견을 물었다.

"음, 글쎄. 그것보다 페넨, 우리 무기점에 가서 요새 무슨 검이 팔리고 있는지 구경이나 가보자."
"세이지 스승님은 분명히 우리에게 3시간의 시간밖에 안 주셨다고.

이래도 되는 거야?"

"3시간이면 충분히 찾아서 데려갈 수 있어."

"형, 믿는다?"

"걱정하지 마, 페넨. 하하하."

위병들에게 시비를 걸면서 시간을 허비하는 모습을 본 나였다. 썩 믿음직스럽진 않았지만 그래도 단 하나의 형이라서 그런 걸까, 왠지 모르게 믿고 싶어졌다. 우리는 무기점을 향해 발걸음을 옮겼는데, 길을 아무리 지나다녀도 우리가 황족인 걸 아는 시민들은 존재하지 않았다. 제국의 수도 레타카와 그리 먼 거리에 위치한 도시도 아니건만, 이곳 시민들의 교육 수준이 참으로 안타깝다. 나중에 레타카로 돌아가면 황제인 아버지에게 고해야겠어. 이곳 세릴의 시민들은 황위 계승자의 얼굴조차도 모를 정도로 미개하다고.

"어서 오십쇼. 좋은 무기들이 많이 있습니다. 한번 골라보세요."

무기점 안으로 들어가 보니 정면에는 카운터가 있었고, 양쪽에는 각종 무기들이 진열되어 있었다. 우리가 찾는 것은 검이다. 우린 검이 진열된 코너로 이동했다. 어디서 만들었는지 모를 수많은 검들이 있었고, 난 그중에서도 커다란 대검 하나가 눈에 들어왔다.

"와, 이거 정말 갖고 싶다.'

난 카르자야 형이 내 말을 들을 수 있도록 목소리를 높여 말했다. 내 말에 카르자야 형의 귀가 솔깃해졌다.

"넌 대검이 마음에 드나 보구나. 이거 갖고 싶어?"

"응."

"돈이 있긴 한데, 살 수 있으려나… 무기점 아저씨, 이 대검하고 여기 있는 장검, 가격이 얼마나 되죠?"

"모두 합쳐서 2500골드입니다."

"내가 가지고 있는 돈이 3000골드… 겨우 되는구나. 여기요."

세이지 스승님의 지도 아래 목검만 열심히 휘둘렀던 우리는 이렇게 해서 실제로 사람을 벨 수 있는 검을 획득했다. 나는 무게가 좀 나가는 대검을, 카르자야 형은 길고 날카로운 장검을 손에 쥐어보았다. 새 검이라 그런지 굉장히 번쩍번쩍하는 게 마음에 들었다. 이걸 소지하고 있으면 숲 속을 걸어다가 몬스터를 마주쳐도 무서워하지 않아도 될 것 같다. 제국과 왕국, 공화국들이 협상하여 같은 날 같은 시각에 시작한 '몬스터 대청소' 사건 이후로 고급 몬스터의 출현이 저조해졌긴 하지만 말이다. 우린 검집을 등 뒤에 차고 검을 검집에 집어넣고선 무기점을 빠져나왔다.

"카르자야 형."

나는 정처 없이 길을 걷고 있는 카르자야 형의 뒤를 따르다 문득 떠오른 게 있어 그를 멈춰 세웠다.

"응? 왜 그래, 페넨?"

"나 아이스크림 먹고 싶어."

"아아, 아이스크림? 하긴 여름이라 그런지 오늘따라 덥긴 하네. 샤이나르는 나중에 찾기로 하고, 아이스크림이나 먹으러 아이스크림 가게나 찾아볼까?"

오늘 세이지 스승님의 부탁은 완전 뒷전이었다.

"아, 정말 맛있다."
무기점에서 그리 멀지 않은 곳에 아이스크림을 파는 가게가 있었다. 우린 아이스크림 가게 안으로 들어가서 아이스크림을 주문, 아이스크림을 챙긴 우리는 바깥에 탁자와 의자가 비치된 곳에 앉아서 맛있게 먹었다. 아이스크림 하면 초콜릿 맛이 제일이지! 딸기 맛을 고른 카르자야 형은 이런 진리를 잘 모르는 것 같았다.

"내 것도 먹을래?"

카르자야 형은 초콜릿 맛 아이스크림을 다 먹고 기쁨에 가득 찬 표정을 지은 나를 보더니, 자신의 딸기 맛 아이스크림을 내민다. 먹어도 괜찮은 걸까?

"형은 안 먹어도 돼?"
"난 이미 충분히 먹었어. 너 먹어."
"정말? 고마워!"

난 쩝쩝거리며 형이 준 아이스크림마저 순식간에 처리했다. 아이스크림을 다 먹고 나니 부는 바람이 엄청나게 시원하게 느껴졌다. 바로 이 느낌이지! 여름에 아이스크림을 먹을 수밖에 없는 이유 중 하나다. 아이스크림을 쓱싹 먹어치운 우리는 자리에서 일어나 슬슬 거리를 돌아다니기 시작했다. 한 10분쯤 걸었을까, 큰 광장이 나타났다.

세릴의 시민들이 무대 앞에 비치된 의자에 앉아 무대를 보며 다들 떠들썩하게 굴었고, 무대에선 갑옷 의상을 입은 연기자들이 검을 막

무가내로 휘두르며 싸움을 주고받고 있었다. 이건… 설마 반 올리노프 연합과 올리노프 제국의 전쟁을 소재로 만든 연극인가. 한쪽은 올리노프 제국의 상징인 붉은 갑옷을 입은 데 반해 상대편은 각기 파란색, 초록색, 흰색의 갑옷을 입고 있었다.

3년 전, 대륙 서쪽의 광활한 토지를 장악한 올리노프 왕국의 왕, 우리 아버지가 스스로를 황제라 칭하며 국가 명칭을 제국으로 바꿨고, 그 위광에 눌려 주변 도시들은 별다른 저항 없이 점령되었다. 대륙의 2/5를 차지하며 날로 번성해가자 동쪽의 페일로즈 왕국, 남쪽의 트라칸 공화국, 북쪽의 아인타 왕국이 서로 손을 잡고 연합해 올리노프 제국을 상대로 큰 전쟁을 일으켰다. 우리는 이를 케딘베르크 성전이라 불렀다.

대륙의 중앙에 위치한 케딘베르크란 도시의 주인이 전쟁 중에 수도 없이 바뀌었기에 그렇게 명명되었는데, 얼마나 치열했던지 당시 13살이었던 나는 이 전쟁이 올리노프 제국의 수도인 레타카까지 확대되는 게 아닐까 하며 내심 두려움에 떨었던 기억이 난다. 그때마다 날 위로해줬던 게 바로 카르자야 형이었다. 결국, 1년간 이어진 이 성전의 승전국은 우리 올리노프 제국이었다. 올리노프 제국은 케딘베르크 조약을 통해 대륙 중앙의 수많은 영토를 획득하였으며 현재 대륙의 2/3가량의 영토가 우리 올리노프 제국의 것이니 황위 계승자인 나로선 여간 자랑스럽지 않을 수가 없었다.

하지만 최근 들어 또다시 케딘베르크 성전의 규모만큼의 전쟁이 터질 것이란 소문이 나돌고 있다. 보나 마나 적국의 계략, 유언비어일 게 뻔하지만 말이다. 나이가 들면서 느끼는 건데, 전쟁을 하는 건 바람직하다고 본다. 더 많은 이권을 차지하기 위해선 전쟁이 없인 안 된다.

다만, 승리를 위한 전쟁이어야 한다. 전쟁해서 패배를 한다면 그것은 의미 없는 짓이다. 난 하루빨리 이 대륙이 올리노프 제국에 의해 통일이 됐으면 좋겠다. 그럼 평화로운 나날만 보내며 살 텐데…

"카르자야 형."
"응?"

우리 둘은 한동안 연극에 눈이 팔려 멍하니 서 있었다. 얼른 샤이나르를 찾아야 할 텐데… 나는 카르자야 형의 팔을 툭툭 건드렸다. 시선을 강력하게 유도하는 저 연극으로부터 헤어나오게 하기 위함이니라. 나는 제안했다.

"우선 이 관중석들에 샤이나르가 있는지부터 확인해볼까?"
"아, 그래. 여기에 샤이가 있을지도 모르니까. 근데, 확인해보기엔 사람 숫자가 너무 많지 않아?"
"저기 무대 뒤편에 있는 건물 2층에서 멀리 내다보면서 확인해보면 되지. 가보자."

무대 뒤편의 건물은 레스토랑이었다. 우린 건물 안으로 입장해 2층으로 이어진 계단을 통해 올라갔고 좀 더 걸어 무대 쪽을 확연히 볼 수 있는 베란다 자리로 나왔다. 내 눈은 특수한 성질을 갖고 있다. 나 스스로 '매의 눈'이라 부르는 이 능력은, 마치 망원경을 쓰듯 멀리 있는 물체도 가까이 있는 것처럼 볼 수 있는 능력이다. 내 가족들은 어렸을 때 내가 특별하게 멀리 있는 것도 잘 보인다고 말했기에 내가 눈이 밝다는 것은 잘 알고 있지만, 설마 망원경 수준으로 보는 게 가능하겠어…? 이것이 가족들의 생각이다. 즉, 내 능력이 잘 알려지진 않았다는 것이다.

"어때, 보여?"

카르자야 형이 내게 물었으나, 난 쉽게 대답할 수 없었다. 눈으로 훑어보기엔 없는 것 같긴 한데, 확실하지가 않았기 때문이다.

"없는 것 같은데, 아닌가…"
"네가 나보다 시력이 좋으니 확실하겠지. 딴 데나 가서 찾아보자."

우린 레스토랑을 나와 인도를 걸으며 샤이나르가 있을 만한 데를 떠올려봤다. 카르자야 형이 고심 끝에 말을 하기 시작했다.

"샤이나르 녀석, 밤중에 이 도시로 온 걸 보면 친구를 만났을 가능성이 있는데…"
"친구를 만났다면, 술집으로 가지 않았을까?"
"술집으로 갔을 거란 생각은 해봤어. 하지만 지금 이 대낮에 술집은 문을 열지 않잖아. 샤이나르를 목격했는지 물어볼 만한 사람이 없어."
"그래도 혹시 열었을지 누가 알아? 한번 술집이 모여있는 데로 가보자."
"에, 에엣… 같이 가, 페넨!"

난 가볍게 뛰며 손목시계를 확인해보았다. 오전 9시 30분, 벌써 1시간 반이나 경과했다. 앞으로 남은 시간 안에 그를 찾으려면 뛰는 게 좋겠단 생각이 들었다. 우린 강물을 가로지른 큰 다리를 건넜고, 이윽고 술집이 모여있는 번화가에 도착했다.

"하아… 하아… 갑자기 뛰면 어떡해? 힘들잖아."

카르자야 형이 나에게 투덜거렸다. 하지만 난 가벼이 무시하고 술집들에 다가가 문을 열어봤다. 대부분이 잠겨있었다. 딱 하나만 제외하고 말이다. 가장 구석 자리에 있는 술집이었는데, 여기도 잠겨있겠지 하고 열지 않을 뻔 했다. 혹시나 해서 문을 당겨봤더니, 문이 당겨졌다. 우린 이 술집 안으로 들어갔다. 손님이 없는데도 알바생들이 바삐 움직이는 걸 보아하니, 영업을 준비 중인 건가? 카르자야 형이 주방에서 감독하고 있는 주인에게 찾아가 증명사진 하나를 보여주며 말했다.

"저기, 어젯밤 손님 중에 이런 애 있었습니까? 샤이나르라고 하는데, 술을 굉장히 좋아하고 시끄럽게 대화하는 아이입니다."

"아아, 짐작 가는 손님이 하나 있긴 하죠. 그런데 그 손님하고 무슨 관계이십니까?"

"그 애의 형입니다. 얼른 데리고 가야 해서요."

"그 손님은 오전 3시쯤에 이곳으로 찾아오셨습니다. 친구 두 분도 같이요. 여기가 3차라고 하더군요. 오전 6시까지 술을 드시곤 거의 뻗다시피 하셨는데, 친구분들이 가고도 자긴 더 마셔야겠다며 오전 8시 30분까지 혼자서 술을 마시다가 계산을 하고 나가셨습니다. 그 손님이 늦게 나가신 덕분에 저희는 지금도 일을 하고 있지요."

"어디로 갔는지 아시나요?"

"혼자서 하는 대화를 계속해서 들어보긴 했습니다만, 젠장 이란 말을 계속하면서 누군가를 흉보더군요. 아마 이름이 세이지… 였던가요?"

… 하아, 내 그럴 줄 알았다. 세이지 스승님은 검술 수련을 받을 때마다 수업에 잘 못 따라가는 샤이나르를 두고 항상 이렇게 말씀하셨다. 내 생애 이런 저질 체력을 소유한 제자는 처음이라고. 그런 말을 우리

를 통해 들은 샤이나르는, 세이지 스승님이 없는 자리에서 항상 그를 비꼬았다. 항상 들어보면 자기가 비록 검술 초보이긴 하지만 그렇다고 황족에게 너무 막 대하는 거 아니냐는 식이었다. 이런 샤이나르를 대비하여 위대하신 아버지는 백작 출신 선생님을 마련했다. 세이지 스승님이 바로 그 사람이다. 샤이나르가 언제 철이 들려나…

"그래서요, 또 뭐라고 하던가요?"
"계산을 할 때였습니다. 갑자기, 난 황위 계승자인 몸이시다! 라고 하시면서 돈을 깎아달라고 요구하더군요. 요새 이런 손님, 흔하죠. 올리노프 제국의 황위 계승자였으면 싶은 그런 마음은 충분히 잘 알겠지만 말입니다. 얼른 집으로 돌아가서 쉬시라고 얘기했더니 자기는 광장에서 연극이나 구경하겠다며 엄포를 두시고는 이 술집을 빠져나가셨습니다."

어라, 그러면 아까 광장에서나 다리를 지날 때 보였어야 정상인데… 대체 이 녀석은 어디로 새버린 걸까?

/

노란색 파마머리를 한 호화로운 차림의 청년, 샤이나르가 큰 다리를 건너고 있던 때였다. 만취한 상태라 몸을 비틀거리며 움직이고 있었는데, 그 움직임이 불규칙해서 그런지 맞은편에서 걸어오고 있던 호리호리한 체격의 남성 하나와 몸을 부딪혔다. 샤이나르는 바닥에 넘어졌고,

"아이씨… 너 뭐야! 음냐… 쿨쿨."

… 그대로 누워서 잠을 자는 게 아닌가. 몸을 부딪혔던 남성은 만취한 녀석과 부딪힌 것에 대해 기분이 상해 짜증을 내더니 누워서 자는 샤이나르의 얼굴을 꼬집으며 말했다.

"이봐, 형씨. 차림새를 보아하니 귀족 같은데, 대낮부터 술타령이야?"

얼굴을 아무리 꼬집어봐도 잠에서 깨어나지 않는 샤이나르. 그때, 그 남성은 갑자기 엉큼한 생각이 들었다. 그는 주위를 둘러보며 다른 사람이 이를 목격하고 있는지 살펴봤는데, 대낮인데도 불구하고 자신과 이 만취한 소년 외에는 이 다리를 지나던 사람이 없었다. 그는 샤이나르의 바지 주머니를 뒤지기 시작했다. 뒤져서 나온 건 지갑 하나, 그는 지갑을 열어보았다.

대강 세어봐도 2천 골드 정도로 보이는 지폐들이 눈에 아른거렸고, 지갑 한구석에는 신분증 하나가 들어 있었다. 그는 신분증을 살펴보더니 이내 기겁했다. 아니 이럴 수가, 이 녀석이 바로 그 올리노프 제국의 제 4 황위 계승자, 샤이나르가 아닌가. 귀족도 아니고 황족이었다. 말로만 듣던 샤이나르를 직접 보게 되자 그는 기쁨을 감추지 못했다. 그는 2천 골드를 자신의 지갑에 넣고는 샤이나르를 일으켜 세우며 자신의 등에 업고 행선지를 시장으로 향했다.

/

"우선 관청에 가서 사정을 말하고 실종 신고를 하자. 그편이 훨씬 빨리 찾는 방법이지."

같이 술집을 빠져나온 카르자야 형이 내게 제안했고, 나는 이것 이외에 다른 수단이 떠오르지 않아 형의 말을 따라 세릴의 중심지로 향했다. 관청 정문 앞에는 수비병 2명이 나란히 선 채 통로를 지키고 있었다.

"잠깐, 누구냐!"

우리가 안으로 들어가려고 하자, 이를 제지하는 병사들. 이때 카르자야 형이 앞에 나섰다. 그는 바지 주머니 속에 있는 신분증을 꺼내들더니 그들에게 보여주며 말했다.

"난 올리노프 제국의 제 1 황위 계승자, 카르자야다. 내 신분증을 확인해줬으면 좋겠군."

미련한 병사들은 신분증을 확인하고 나서,

"아닛, 카르자야 님!? 충성! 근무 중 이상 무!"

그제야 상대를 알아보더니 격식을 차리고는 우리에게 경례하며 예를 표했다. 이에 카르자야 형도 간단히 경례 동작을 취하며 그들을 고무시켰다.

"충성, 수고하게."
"옛! 알겠습니다!"

카르자야 형의 신분증 덕에 우리는 아무런 방해 없이 관청 안으로 입성할 수 있었다. 아까 위병소 통과할 때 진작 이랬으면 됐잖아…

"관청장, 어디 있나! 관청장!"

우리는 관청 건물에 진입하였는데, 이때 돌연 카르자야 형이 관청장부터 찾았다. 겁 없는 청년의 외침에 자기 자리에 앉아서 서류 일을 보고 있던 병사들과 소파에 앉아서 여유롭게 커피를 마시는 병사들, 대기번호를 확인해가며 상담 업무를 맡는 병사들의 시선이 카르자야 형에게 집중되었다. 다들 "쟤 대체 뭐야?" 하는 눈치였다. 하지만 카르자야 형은 아랑곳하지 않았다. 이런 카르자야 형의 외침을 들었는지 관청장실에서 중년의 얼굴을 한 사람이 나오더니 이쪽을 노려보았다. 아무래도 저 사람이 관청장인 모양이다.

"제가 관청장입니다만, 대체 누구시길래 반말을 하십니까?"
"난 올리노프 제국의 제 1 황위 계승자, 카르자야다. 그리고 이쪽은 제 2 황위 계승자, 페네시스이고."
"카, 카르자야님!? 페네시스님!? 어떻게 여기에…"

우리가 정체를 밝히자 우리의 신분을 파악한 병사들이 업무를 하다 말고 어김없이 자리에서 일어나 일제히 충성 경례를 하는 진풍경이 펼쳐졌고, 우리는 인제 그만 손 내려도 좋다고 지시하였다. 그제야 병사들이 일제히 자기들의 업무를 재개하였고, 놀란 관청장이 우리 앞에 다가오더니 무릎을 꿇고 양손을 무릎 위에 올리며 사죄의 말을 올렸다.

"저희가 미처 황태자님들을 알아보지 못했습니다. 무례함을 용서해 주십시오."
"음, 됐어. 그만 일어나시게."

카르자야 형의 말 한마디에 관청장이 자리에서 일어나며 고마움을 표했다.

"처분에 감사드립니다. 그런데 어쩐 용무로 찾아오셨습니까?"
"실종 신고하러 왔다. 제 4 황위 계승자 샤이나르가 이 마을, 세릴에서 실종됐다. 즉시 병사들을 동원해서 그를 찾아주었으면 하는군."
"제 4 황위 계승자 샤이나르 님 말씀이십니까!?"
"그렇다."

카르자야 형과 관청장이 대화를 주고받고 있는 가운데, 갑자기 관청 정문으로부터 병사 하나가 뛰쳐 들어왔다. 그는 다급하다는 듯한 얼굴을 하며 관청장에게 다가갔다.

"대위님, 큰일입니다! 샤이나르 님이, 샤이나르 님이!"
"……?"

그는 시장을 순찰하던 도중 샤이나르가 어떤 괴한에게 인질로 붙들려 있던 것을 목격했다고 한다. 그는 단검을 쥐고 있었으며, 인질을 풀어주는 대가로 3만 골드를 요구하였고, 1시간이 경과해도 관청으로부터 응답이 없을 경우 샤이나르를 죽이겠다고 협박을 해왔다고 한다. 관청장은 깜짝 놀란 얼굴을 하였다.

"샤이나르 님이 인질이 되시다니… 제군들, 출동 준비다!"

관청장의 지시에 사태가 심상치 않다는 것을 파악한 관청의 5분 대기조 병사들이 투구를 쓰며 일제히 채비를 마치고 관청 정문 앞에 2열 종대로 나란히 서서 출동 명령을 기다리고 있었다.

"관청장."

 관청장 자신도 투구를 쓰고 건물 바깥으로 나가려는 찰나, 카르자야 형이 그를 불러세웠다. 카르자야 형은 진지한 얼굴로 단호하게 말했다.

 "3만 골드, 준비해."
 "… 설마, 괴한의 요구를 들어주겠다는 겁니까?"
 "내게 생각이 있다. 병사들이 나서지 않아도 충분히 해결할 방법이 있어. 시간이 없다. 얼른 3만 골드를 준비해."

 제 1 황위 계승자인 카르자야 형이 말하니 아무리 이 관청에서 잘 나간다는 관청장이라도 다른 도리가 없었다. 나와 관청장은 2층으로 올라가 관계자 이외 출입금지라고 당당히 적혀있는 문을 열고 방 안으로 들어갔다. 그곳에는 금고가 하나 있었고 관청장은 금고의 비밀번호를 능숙하게 누르더니 잠금을 해제시켰다.

 그는 딱 3만 골드에 해당하는 금액의 돈을 꺼내더니 돈주머니에 집어넣고는 그대로 나에게 건네줬다. 난 돈주머니를 손으로 만지작거려 봤는데, 동전들이 서로 부딪히며 나는 소리가 아주 듣기 좋았고, 난 절로 미소가 나왔다. 금고를 잠근 관청장은 약간 못마땅한 얼굴을 하고 있었는데, 난 그의 생각을 떠보았다.

 "아저씨, 샤이나르의 신변이 걱정되시죠? 카르자야 형과 저에게만 이 일을 맡긴다고 생각하니."
 "아, 아닙니다! 그, 그렇지 않습니다."
 "하하하, 얼굴에 다 티가 난다구요. 저희를 믿어주세요. 이런 날이 올 때를 대비해서 검술 수련을 받았으니까요."

내가 관청 정문을 통해 바깥으로 나오니 카르자야 형이 기다리고 있었다. 난 카르자야 형에게 3만 골드가 담긴 돈주머니를 보여줬다.

"자, 가자. 페넨. 내가 생각한 작전은 이래."

난 카르자야 형의 작전에 대해 귀담아들으며 시장을 향해 발걸음을 옮겼다. 황족인 샤이나르가 괴한에게 붙들려 인질이 되었다. 이는 올리노프 제국의 중대한 비상사태임이 틀림없다. 그런데도 카르자야 형은 우리에게 맡겨달라며 병사들의 출동을 막았는데, 묘안이 준비되어 있었기 때문이다. 난 카르자야 형으로부터 작전 지시를 받았다.

"알았어, 그렇게만 하면 되는 거지?"
"응, 뒷일은 나에게 맡겨."

시장에 잠입한 우리는 각기 다른 길을 걸어갔다. 나는 사람들이 모여있는 장소를 향해 가봤는데, 그곳에는 괴한과 샤이나르가 떡하니 있었다. 샤이나르는 앉아있는 채로 술에 취해 정신없이 졸고 있었고, 괴한 또한 앉은 채로 그러한 샤이나르의 목에 단검을 들이밀고 있었다. 사람들은 좋은 구경거리라도 발견한 듯 거리를 두고 둘러싸며 걱정스러운 눈빛으로 지켜보고 있었다. 괴한은 시계를 보더니 놀라며 소리쳤다.

"제길, 벌써 시간이 다 됐잖아. 이 녀석이 죽어도 괜찮은 거냐! 엉!? 제국의 허수아비 녀석들, 완전히 느려터졌군!"

그때, 구경꾼들 사이로 나, 페네시스가 괴한의 앞에 나타났다.

"우와! 아저씨, 굉장하세요! 다른 누구도 아닌 샤이나르를 인질로 잡았으니 이제 횡재하시겠네요!"

난 웃는 얼굴로 손뼉을 여러 번 치며 그에게 다가갔다. 그는 내 행동에 의문스럽다는 표정을 지으며 이쪽을 주시하더니, 이내 말했다.

"뭐냐, 넌! 어린 애는 꺼져!"
"그나저나, 지금 붙잡고 있는 그 애보다 제가 더 가치가 클 텐데, 저를 인질로 잡아보시는 게 어때요?"
"뭐야?"
"저를 인질로 잡는다면 3만 골드는 우습죠. 한 50만 골드 정도는 하려나?"
"너… 대체 정체가 뭐냐?"
"올리노프 제국의 제 2 황위 계승자, 올리노프 페네시스입니다."
"페네시스라고!?"

내가 정체를 밝히자 관중들의 수군거림이 거세졌다. 그는 내 이름을 외치더니 샤이나르와 나를 번갈아 보기 시작했다. 금처럼 귀했던 샤이나르가 점점 돌같이 보이나 보다. 그래도 그는 긴장을 늦추지 않았다. 단검을 더 세게 쥐어 샤이나르의 목에 들이밀며 내게 말했다.

"흥, 어찌 됐건 상관없어. 난 3만 골드로도 충분하니까. 네가 정말로 제 2 황위 계승자라면 이 녀석의 목숨이 소중하겠군. 안 그런가?"
"글쎄요, 죽이려면 죽여요."
"뭐라고?! 참으로 매정한 형이로군."
"그래도 나의 몇 없는 동생이니까 어떻게든 살려보려고 이렇게 돈을 가지고 온 건데 말이죠."

나는 돈주머니를 꺼내 들었다. 동전으로 꽉 찬 돈주머니를 위로 던
지고 되받기를 반복하며 관중들과 괴한의 시선을 유도했다. 돈주머니
를 손으로 받을 때마다 나는 찰랑거리는 소리의 크기, 그리고 그 부피
를 짐작할 때 3만 골드, 아니‥ 그 이상은 돼 보였다. 괴한은 그 광경을
지켜보더니 입을 헤벌쭉 벌렸다.

"그, 그거야! 그걸 나에게 줘! 그러면 이 녀석은 풀어주겠다!"
"아저씨, 정말 믿어도 돼요?"
"물론이고말고! 자, 어서 나한테 던져!"
"잘 받으세요. 자!"

난 그 남성에게 돈주머니를 던졌고, 그는 그것을 건네받더니 돈주머
니를 풀어 안의 내용물을 확인했는데, 정말로 진짜 돈이었다. 그는 입
이 귀에 걸렸다. 곧바로 샤이나르를 버리더니 나의 반대 방향으로 도
망치기 시작했다.

"거기 서!"

난 발검하고 곧바로 뒤를 쫓았다. 괴한은 사람들을 밀쳐대며 달리고
있는데 내 달리기 속도가 그에 미치지 못해 거리를 좁히지 못하고 있
었다. 10초간 시장 바닥을 일직선으로 달렸을까, 이제 막 시장을 벗어
나려고 하는데 누군가가 옆에서 발을 걸었고, 그는 앞으로 자빠졌다.

"으웃, 누구야 대체!?"
"나 말이야?"

그는 등 뒤에 매달린 칼집으로부터 장검을 꺼내 들더니 그대로 그의

목에 겨누었는데, 괴한은 순간 식은땀을 흘렸다. 그는 말을 계속해서
이어나갔다.

"제 1 황위 계승자, 올리노프 카르자야다. 인질강도죄로 너를 구속하
겠다."

전속력으로 달려서 드디어 따라잡겠구나 싶었는데, 이미 카르자야
형이 사건을 마무리 지어 버렸다. 시시하게 끝난 것은 그렇다 쳐도, 멋
진 모습을 형이 독차지해버리니 난 그게 좀 서운했다.

"에이, 뭐야 형. 나한테 마무리할 기회를 주겠다고 아까 약속했잖아."
"내 발에 손쉽게 걸려 넘어질 줄 누가 알았겠냐. 페넨, 얼른 구속하기
나 해."
"아저씨, 돈주머니 주시고 얼른 손 내밀어요. 수갑 채우게."
"으으, 제기랄…"

범인의 손에 수갑까지 채운 우리는 범인을 연행하며 아까 인질극을
벌였던 장소까지 왔다. 그곳에는 관중들 사이로 샤이나르가 엎드린
채 코를 골며 자고 있었다. 참으로 태평하구나, 이 녀석은… 자기가 인
질이 되었는지조차도 기억 못 하고 있을 가능성이 높다. 카르자야 형
은 샤이나르를 등에 업었고, 우린 관청으로 이동했다.

"오오, 수고 많으셨습니다! 정말 장하시군요!"

우리가 사건을 해결했다는 말에 관청장은 기쁜 마음을 감추지 못했
다. 병사 두 명이 앞으로 나와 범인을 감옥으로 연행했고, 우린 3만 골
드를 반납했는데, 관청장은 우리에게 5천 골드가 담긴 돈주머니를 선

물했다.

"이번 일을 멋지게 해결해내신 황태자분들을 위한 작은 보수입니다. 이걸로 충분할진 모르겠습니다만."

위대하신 아버지에게는 몰라도 우리에게는 절대 적지 않은 돈이었다. 나는 샤이나르를 업고 있는 카르자야 형을 대신해 돈주머니를 받았다. 카르자야 형은 관청장에게 말했다.

"그럼 우리는 별장으로 돌아가 보겠다. 수고하도록."
"옛, 알겠습니다. 조심히 들어가십시오. 충성!"
"충성."

우리는 그의 인사를 받고 관청을 빠져나와 성문을 통해 숲속 길로 접어들었다. 내가 시계로 시간을 확인해보니 오전 10시 30분, 남은 30분이면 충분히 별장으로 돌아갈 수 있다. 세이지 스승님과의 시간 약속도 지킬 수가 있다. 모든 것이 순조롭게 돌아가자 나는 기분이 좋아 휘파람을 불었다.

"그런 일이 있었군."

별장에 도착한 우리는 샤이나르를 2층 침실에 눕혀 재워두고 1층 거실로 나왔다. 그곳에는 세이지 스승님이 커피를 마시며 여유를 즐기고 있었다. 우린 소파에 나란히 앉으며 반대편 소파에 위치한 세이지 스승님에게 사건의 경위를 설명했더니, 스승님은 조금 놀라는 듯했지만 결국 무덤덤한 표정으로 되돌아왔다.

"그나저나 그 검들은 무엇이지? 세릴에서 산 건가?"

이에 카르자야 형이 응답하였다.

"아아, 네. 제 생일 선물로 받은 돈으로 페넨과 함께 무기점에 들러서 구입했습니다."
"그렇군, 잘 알았다. 비스바덴은 중 하급마법사 시험을 보기 위해 레타카로 갔고, 샤이나르는 만취 상태… 너희도 힘들었을 테니 오늘 오후에 있을 마법 수련은 생략하마. 수고 많았다. 가서 쉬도록 해라."
"이얏호!"

난 너무나도 신나서 소파에서 일어나 펄쩍 뛰었다. 그도 그럴 것이, 난 마법에는 젬병이었기 때문이다. 항상 오후에 마법 수련을 할 때면 집중도 안 되고 몸이 피곤했었기에 난 마법 수련을 굉장히 혐오하였다. 그런데 오늘은 세이지 선생님이 마법 수련을 하지 않겠다니 이보다 기분 좋은 일이 어딨는가.

"페넨, 너무 지나치게 신난 거 아냐?"

펄쩍 뛰어다니며 야호 소리를 외치는 나를 쭉 지켜보던 카르자야 형이 결국은 나를 나무랐다. 하여튼, 샤이나르를 찾으라는 임무는 이렇게 성공적으로 마무리되었다.

중 하급마법사 시험

대도시 세릴에서 북쪽으로 40km를 가다 보면 올리노프 제국의 수도 레타카가 나온다. 중 하급마법사 시험을 보기 위해 수도행을 결심한 비스바덴은 마부가 이끄는 마차 안에서 창문의 풍경을 바라보며 하염없이 수도에 도착하길 기다리고 있었다. 낮인데도 불구하고 울창한 나무들에 의해 매우 어두웠던 탓에, 마법사 시험을 볼 생각에 잠도 제대로 못 자고 이른 아침에 마차에 탑승했던 비스바덴은 졸린 기운마저 들기 시작했다. 그도 그럴 것이 벌써 4시간씩이나 마차 안에 앉아있었으니 말이다.

그렇게 길고 긴 숲 속 길을 지나 바깥을 나왔는데, 비스바덴은 눈앞의 광경을 보고 순간 동공이 커졌다. 올리노프 제국의 정중앙을 가로지르는 쟈린 산맥 아래로 흐르고 있는 아자르 강 중류, 그 위를 떠다니는 자국의 물류를 실은 배들, 그리고 그 강의 중류를 따라 눈을 돌려보니 강 반대편에 거대한 성곽이 시야에 들어왔다. 성곽의 제일 윗부분에는 올리노프 제국의 상징인 붉은 깃발이 걸려 있었다. 저건 보나 마나 올리노프 제국의 수도 레타카일 거야, 라고 비스바덴은 생각하였다. 아자르 강에 나 있는 다리를 건너니 어느새 성문 앞에 도착, 비스바덴은 마차에서 내리더니 자신이 쓰던 중절모를 벗고는 이마에 난 땀을 닦았다. 이때 드러난 녹색의 단발머리는 그의 외모와 매우 어울렸다.

"누구십니까? 신분증을 제시해주십시오."

모처럼 여유 좀 부리려고 하는데 성문을 지키던 위병 둘이 다가와 신분증을 요구했다. 그는 중절모를 다시 쓰더니 바지 주머니를 되적뒤적거리다 신분증을 꺼내며 말했다.

"올리노프 가문, 위대하신 황제 폐하의 셋째 아들, 비스바덴입니다. 중 하급마법사 시험을 보기 위해 이곳을 통과하고 싶습니다만."
"아, 아닛⋯ 비스바덴 님! 몰라 봬서 죄송합니다. 충성!"
"충성."

비스바덴을 태운 마차는 성문을 통과하여 번화가로 이동했다. 수도 레타카에서 가장 잘나간다는 고급 레스토랑, 그곳에는 미리 만나기로 약속을 한 아버지가 계실 것이 틀림없었다. 그런데 가면 갈수록 많은 인파로 인해 마차의 속도가 체감상 갚이 줄어들었다. 어차피 여기서 고급 레스토랑까진 걸어서 5분 거리, 걷는 게 더 빠를 것이란 생각에 비스바덴은 여기서 마차를 세워달라고 요구하였다.

"1천 골드입니다."

"여깄습니다."
"감사합니다, 비스바덴 님. 언제나 행운이 함께 하시길."

　그가 우리와 함께 수도 레타카를 떠난 지 벌써 3개월씩이나 지났다. 검술과 마법, 지식 수련을 위해 형 동생, 그리고 세이지 스승님과 같이 레타카를 떠나 세릴의 주변에 있던 별장에 자리를 잡았던 터였다. 시간이 많이 흐르고 흘러, 비스바덴은 앳된 소년의 모습에서 어느 정도 벗어나 있었다. 너무도 오랜만에 레타카의 거리를 누비는지라 그는 매우 긴장된 얼굴을 하고 있으면서도, 한편으로는 그런 긴장되는 느낌이 또 마음에 들어 싱글벙글했다. 5분 정도 걸었을까, 저 멀리서 고급 레스토랑의 윤곽이 드러나기 시작했다. 그 건물 앞에는 카시우스가 황실 기사단의 호위를 받으며 서 있었다.

　"아버지!"

　비스바덴은 기쁜 마음에 카시우스를 향해 뛰어갔다. 이에 아버지도 이쪽을 보더니 반갑다는 듯 외쳤다.

　"오오, 아들아!"

　3개월 만이라 그런지 부자간의 상봉이 제법 감동적이었다. 그들은 서로를 안았다. 마음이 여린 비스바덴은 여기에서 눈물까지 나기 시작했다.

　"정말 보고 싶었습니다. 아버지. 흐흑…"
"다 큰 사내자식이 울면 쓰나, 얼른 눈물을 감추거라."

카시우스는 비스바덴의 머리를 쓰다듬었다. 비스바덴은 그게 싫진 않은지 눈물을 닦으며 기분 좋다는 듯 웃음을 보였다. 카시우스는 황실 기사단을 레스토랑 정문에 대기시키고는 아들과 함께 레스토랑 안으로 들어갔다. 황실 기사단이 자기 식당 앞에 서 있었기에 대강 눈치채고는 있었지만, 이 나라의 황제가 아들과 함께 식당 안으로 들어오지 않는가. 때아닌 비상사태였다. 식당의 직원들은 황급히 일렬로 서며 충성을 외쳤다.

"메뉴판을 주게."
"아, 옛!"

부자는 창가 자리에 자리 잡아 앉았다. 카시우스가 직원에게 메뉴판을 요구하자, 직원은 서둘러 카운터로 이동해 메뉴판을 들고 재빨리 돌아왔다.

"여깄습니다!"
"음, 어디 보자… 이 집 스테이크는 맛있는가?"
"그렇습니다. 저희 가게는 올리노프산 소를 사용하여 육질이 매우 부드럽고 맛있습니다. 저희 가게의 추천 메뉴입니다."
"2인분으로 갖다 주시게. 오렌지 주스 두 잔도 갖다 주고."
"알겠습니다!"

직원이 오렌지 주스를 대령하자 비스바덴과 아버지는 오렌지 주스의 맛을 음미해가며 여유를 즐겼다. 비스바덴이 자신의 중절모를 옆에 있는 의자에 올려두고, 오렌지 주스를 절반가량 빨대로 쪽쪽 빨고 있을 때, 카시우스가 말을 걸어왔다.

"세릴에서 레타카까진 가까운 거리가 아닐 텐데, 마차를 타고 얼마나 걸렸느냐?"

"약 4시간 소요하였습니다. 아버지."

비스바덴은 대답하면서도 카시우스에게 아버지란 존칭을 넣는 걸 빼먹지 않았다.

"카르자야와 페네시스, 샤이나르는 잘 지내느냐? 몇 개월간 만나지 못하다 보니 얼굴도 까먹겠구나."

"그럼요. 카르 형과 페넨 형은 검술 수련에 매우 적극적이에요. 세이지 스승님은 검술 수련을 끝내고 나서 항상 카르 형과 페넨 형을 싸움 붙이는데, 검술 대결이 참으로 볼만해요. 비록 페넨 형이 5번 모두 지고 말았지만요. 샤이는 글쎄요… 워낙에 말썽을 많이 피우는 아이라서 말이죠. 밤마다 세릴로 놀러 나가서, 술 마시고 만취 상태로 별장에 들어와요. 세이지 스승님이 계속해서 만류하고 있는데도 불구하고요. 검술 수련이나 마법 수련, 지식 수련에도 불성실한 태도를 보여요. 발전도 없구요."

"음… 샤이나르의 앞날이 매우 걱정되는구나. 그런 성격을 바꾸기 위해 너희와 같이 별장으로 수련을 보낸 것이다만… 비스바덴, 너는 어떻게 지냈느냐?"

"검술 수련을 받고는 있지만, 진전이 없더라구요. 하지만 지식 수련과 더불어 마법 수련은 게을리하지 않고 있어요. 중 하급마법사 시험을 위해서 열심히 연습해왔죠."

"그래. 말이 나와서 하는 말인데, 이 아버지가 오늘 너의 시험을 참관하기로 했다. 내가 보는 앞에서 최고의 기량을 선보여다오."

"예, 아버지."

"별장에서 즐거운 추억거리는 있었느냐?"

"아아, 있어요. 3주 전에 카르 형의 생일이 있었어요. 많은 귀족 자제들이 놀러 온 가운데 생일잔치를 성대하게 치렀죠. 페넨 형이 장난기 어린 미소를 지으며 카르 형에게 케이크를 뒤집어쓰게 하였는데, 얼마나 웃겼는지 모릅니다."

"하하하, 그런 일이 있었구나. 즐거웠겠군."

"카르 형과 페넨 형이 장난을 자주 치고 돌아다니는데, 그 덕분에 하루하루가 즐겁습니다."

"오오, 그렇군. 그건 그렇고… 네가 중 하급마법사 시험에 임하는 각오를 듣고 싶구나."

"오늘 개최하는 중 하급마법사 시험, 기대해주셔도 좋을 것 같아요. 전 정말 해낼 자신이 있어요. 아버지."

"그래, 기대하고 있으마. 자, 스테이크가 나오는구나. 난 네가 맛있게 먹었으면 좋겠다."

"아버지도 맛있게 드십시오."

식사 예절을 끝으로, 부자간의 즐거운 점심 식사가 이어졌다.

/

수도 레타카 내부에는 병사들의 훈련장, 그리고 마법사들의 시험장으로 이용되는 장소가 하나 있었는데, 필기시험을 치를 수 있는 교실 건물이 여러 군데 존재했다. 비스바덴과 아버지, 그리고 아버지를 호위하는 황실 기사단은 필기 시험장에 방문했는데, 시험관은 물론이며 미리 와서 책을 읽어보며 시험 대비를 하던 마법사들이 전부 이쪽을 바라보며 충성을 해대니 매우 소란스러웠다. 아버지는 필기시험을 감독하는 시험관에게 아들을 가리키며 당부했다.

"이 애는 내 셋째 아들인데, 시험을 잘 치를 수 있게 잘 좀 부탁하네."
"옛, 알겠습니다. 염려 마십시오."

웬만하면 다들 알겠지만, 저 간단한 말에는 엄청난 의미가 숨겨져 있다. 시험관은 그걸 잘 알아들은 듯싶었다. 하지만 비스바덴은 그 의미를 알아차리지 못했다. 하여튼, 비스바덴은 지정된 좌석에 앉아서 팔짱을 끼며 시험이 시작되길 기다렸다. 은근히 옆을 둘러봤는데, 주변 사람과 대화를 하는 사람들이 있는가 하면 마법서를 꺼내 들고 정신없이 암기하는 사람들도 있었다.

비스바덴은 시험공부를 하기 위해 가져온 책은 없었으나, 굉장히 자신만만했다. 작년 하급마법사 시험 때도 필기시험만큼은 100점을 맞았고, 이번 중 하급마법사 시험을 위해 세이지 스승님과 함께 독서실에서 마법서를 죽어라 암기했기 때문이다. 어떤 문제가 나오더라도 잘 맞힐 자신이 있었기에 그는 여유만만이다. 시간이 흘러 오후 2시, 시험이 시작될 시간이다. 교실 정문에서 시험관이 시험지들을 잔뜩 가지고 들어왔는데, 40명 정원인 이 교실의 소란스러운 분위기가 순식간에 사그라졌다.

시험관의 지시에 따라 모두 책상 배열을 맞추는 데 여념이 없었고, 시험관이 제일 앞자리 사람에게 한 줄 인원수에 맞도록 시험지를 전달하고 앞사람은 자기 자리 뒷사람에게 시험지를 넘겨주는 식으로 시험지가 나뉘었다. 드디어 시험이 시작되었고, 비스바덴은 자신의 바지 주머니로부터 펜을 꺼내 들었다. 그는 시험 문제를 풀기 전에 시험지를 전체적으로 훑어보았다. 1번에서 4번까지의 문제는 마법 기본 상식, 5번부터 10번까지는 마나에 관한 내용, 11번부터 15번까지는 마력에 관한 내용, 16번에서 25번까지는 마법 관련 역사 문제였다.

'자, 그럼… 슬슬 풀어볼까!'

　시험 시간은 1시간이었기에 문제를 푸는 데 시간이 부족하거나 하지는 않았으나, 비스바덴은 굉장히 빠른 속도로 문제를 풀어나갔다. 마법 기본 상식에 관한 문제는 굉장히 난이도가 쉬웠기에 순식간에 풀었고, 마나에 관한 문제에선 조금 고전하긴 했으나 막상 풀어보니 정답을 잘 고른 것 같은 느낌이 들었다. 마력에 관한 문제는 비스바덴의 특기이다. 마법 시전에 따라 받는 데미지를 수학적 계산을 통해 손쉽게 풀어냈다. 이제는 16번에서 25번까지의 마법 관련 역사 문제만이 남아있었다.

　16번, 17번, 18번… 계속해서 풀어나가고 있는데 갑자기 마음에 걸리는 문제가 하나 보였다. 20번 문제였는데, 올리노프 제국의 영웅으로 추앙받고 있는 아이린 샤크바리가 3년 전에 있었던 전쟁, 케딘베르크 성전 때 올리노프 제국의 병사들을 고무하기 위해 사용한 마법이 무엇인가 하는 내용이었다. 언뜻 보기에 공부했던 내용 같기도 하고, 아닌 것 같기도 하였다.

　비스바덴은 이 한 문제를 어떻게든 풀기 위해 열심히 생각해댔으나 도무지 생각이 나질 않았다. 객관식이 아닌 주관식이었기 때문에 찍는 것도 불가능했던 그는 하는 수 없이 이 문제를 접어두고 다음 문제로 넘어갔다. 다행히도 다른 문제들은 푸는 데 어려움이 있거나 하진 않았다. 비스바덴은 마지막으로 20번 문제를 다시 한 번 훑어봤는데, 아무리 보고 또 봐도 답이 떠오르지 않았다. 시험 종료 1분 전, 결국 비스바덴은 20번 문제를 포기하였다. 모든 문제를 다 풀 수도 있었는데… 하는 아쉬움을 무릅쓰고.

실기 시험장은 병사들이 활을 쏘는 연습을 하는 사격장에서 치러졌다. 300명의 수험자가 15열 종대로 들판에 앉아있었고 그 앞에는 시험관이 한 명 서 있었다. 그는 사격장 좌측에 마련된 참관석에 앉아 황실기사단의 호위를 받으며 이쪽을 바라보고 있는 올리노프 제국의 황제를 의식하며 수험자들에게 말했다.

"지금부터 본 시험관이 하는 말을 잘 들어라. 100m와 200m, 250m 거리에 있는 표적을 주어진 10번의 기회를 활용, 마법을 통하여 맞추는 것이 실기 시험의 과제이다. 마법은 가장 기초적인 공격 마법인 구슬로 제한한다. 자신이 수마법사나 풍마법사, 빙마법사, 전마법사, 흑마법사이든 뭐든 간에 구슬 마법이다. 단, 치유계 마법을 가진 백마법사는 이 실기 시험에서 제외한다."

약 20분이 경과하고, 드디어 비스바덴의 차례였는데, 그는 10개의 자리 중 3번째 자리에 섰다. 시험관의 시작 알림에 따라 그는 천천히 마나를 집중시켰다. 심장으로 마나가 모이는 게 느껴지자 그는 앞으로 팔을 뻗고, 손은 보자기를 내듯 펼쳤다.

"화염의 구슬!"

단어를 외치자마자 손바닥으로부터 작은 원 모양의 불이 튀어나왔고,

"흐아앗!"

비스바덴은 갑작스러운 반동으로 인해 뒤로 넘어졌지만, 그 불은 사정없이 250m 거리에 있는 표적을 맞혔다. 이에 뒤에서 지켜보던 마법사들이 놀라워하며 함성을 지르며 손뼉을 쳤다. 그도 그럴 것이 250m

의 표적을 맞춘 마법사는 열에 하나들 정도밖에 안 되기 때문이다.

"화염의 구슬! 화염의 구슬!"

마법을 사용할 때 느껴진 반동에 적응한 비스바덴이 선 채로 화염의 구슬을 수도 없이 외쳤고, 그때마다 발사된 원 모양의 불은 항상 올라온 표적을 향해 움직여 그곳에 작렬했다. 결국, 10번의 기회 모두 성공하였고, 이를 지켜보던 시험관은 혀를 내둘렀다. 시험관은 난처한 얼굴을 하였다.

'비, 비스바덴 님… 이렇게 열심히 하지 않으셔도 되는데…'

비스바덴은 자신의 중절모를 곧추세우고 참관석에서 구경 중인 카시우스를 향해 환한 미소를 지으며 자신의 손가락으로 승리의 V를 만들어 보였다. 중 하급마법사 시험은 모두 끝났다. 비스바덴과 카시우스는 시험장을 빠져나와 황실기사단의 호위를 받으며 마을 거리를 걸었는데, 비스바덴이 천진난만한 미소를 보이며 말했다.

"아버지, 저 해낸 것 같아요. 실기 시험 때 보셨죠? 모든 표적을 맞혔던 거."
"하하하, 그래. 대단하더구나. 기대 이상이었어."
"이대로라면 시험 합격일 것 같아요."

비스바덴이 자랑할 만도 한 게, 표적을 모두 맞춘 건 300명의 마법사 중 비스바덴 혼자뿐이었기 때문이다. 아무리 잘나가는 마법사라도 그 모든 표적을 정확히 맞춘다는 건 쉬운 게 아니다. 카시우스가 길을 걷다가 궁금한 게 있었는지 옆에서 같이 보폭을 맞추며 걷고 있던 비스바덴에게 물었다.

"그러고 보니 필기시험은 어떻게 됐느냐, 매우 궁금하구나."
"대부분의 문제에 답을 적긴 했는데, 한 문제가 너무 어렵더라구요. 그래서 결국 못 풀었어요."
"음, 그렇군. 내가 아들한테 걱정되는 게 하나 있는데, 말해도 될까?"
"말씀해주세요, 아버지."
"이번 중 하급마법사 시험에 합격하더라도 마법 수련을 게을리하진 말아라. 마법 수련엔 왕도가 없는 법이다. 게으른 자는 나중엔 반드시 망한다. 이 사실을 잊지 말아라."
"새겨듣겠습니다."
"그리고 샤이나르가 자기계발을 할 수 있도록 형으로서 적극적으로 돕도록 해라. 세이지에게는 여러모로 부탁했건만 뜻대로 잘되지 않는 모양이구나. 카르자야나 페네시스는 스스로 자기 관리를 철저히 하니 딱히 신경 쓰이지는 않는다만…"
"샤이나르가 부지런해질 수 있도록 형으로서 잘 타이르겠습니다."
"그리고 이걸 받아라."

카시우스는 편지가 들어있는 편지 봉투를 비스바덴에게 건네줬다.

"이건 뭐죠?"
"세이지에게 쓴 편지다. 앞으로의 수련 계획에 대한 내용을 작성했지. 반드시 전달해주도록 해라."
"알겠습니다. 염려 마세요. 아버지."

비스바덴은 이것을 반드시 세이지 스승님에게 전달하겠노라 생각하며 편지 봉투를 상의 속주머니에 집어넣었다. 걸으면서 얘기하다

보니 어느새 마차 타는 장소까지 이동했다. 비스바덴은 카시우스에게 작별 인사를 하였다.

"아버지, 그럼 저는 별장으로 돌아가겠습니다. 앞으로도 몸 건강하시길 바랍니다."
"그래, 잘 가거라. 카르자야나 페네시스, 샤이나르, 그리고 세이지에게 안부 전하는 것도 잊지 말고."

비스바덴은 마차에 탑승하였고, 다부는 비스바덴에게 행선지를 물었다.

"세릴 대도시의 서쪽에 있는 별장이 목적지인데, 가면서 길을 알려드릴게요. 우선 출발해주세요."
"예, 알겠습니다."

마부는 애꿎은 말에게 채찍질하더 마차 바퀴를 움직였다. 비스바덴은 마차의 창문을 통해 카시우스에게 손을 흔들었고, 이에 카시우스도 웃으며 손을 흔들어주었다. 마차는 떠났고, 수도 레타카의 성문을 지나 아자르 강을 건너 숲 속으로 진입하였다. 포장된 도로를 달려서 그런지 마차의 흔들림도 거의 없었고, 비스바덴은 이제 편안히 눈 좀 붙일 수 있겠구나 생각하고 있는 참이었는데, 마부가 채찍질하다 말고 비스바덴에게 말을 걸었다.

"저, 혹시 실례지만… 제 3 황위 계승자 비스바덴 님 맞는지요?"
"아, 네. 맞아요."
"오오, 올리노프 제국의 황제님과 동행하시길래 누군가 했습니다만, 역시 그랬군요. 남자답지 않게 단발머리를 한 박식해 보이는 소년이 비스바덴 님이라고 들었습니다만, 소문과 다를 게 없군요."

"하하, 그런 소문이 있었다니…"

"그런데 황태자님께선 어째서 세릴의 주변에 있는 별장까지 가시는 겁니까?"

"여러모로 단련하기 위해 임시로 그곳으로 거처를 옮겼습니다. 카르 형이나 페넨 형, 샤이도 그곳에서 묵고 있어요."

"아아, 카르자야 님하고 페네시스 님, 샤이나르 님 말씀이시군요. 형 동생과 같이 별장에서 생활한다니, 그것참 즐거우시겠습니다."

"네, 정말 즐겁네요. 하루하루가 너무 즐거워요."

"어찌 됐건, 비스바덴 님이 제 마차에 타시다니, 후손들에게 두고두 고 자랑거리가 되겠군요."

"마부가 된 지 얼마나 되셨죠?"

"이제 20년째 됩니다. 제겐 비스바덴 님만한 아이가 둘씩이나 있지 요."

"마부 일을 하면서 가정을 먹고 살릴 만하시나요?"

"자애로우신 올리노프 제국의 황제님 덕택에, 그렇습니다. 다른 국 가는 빈부 격차가 심한 편이지만, 올리노프 제국에선 현재 황제이신 카시우스 님이 여러 개혁을 실행하신 뒤로, 현재는 국민들이 살기 굉 장히 좋아졌습니다. 전 카시우스 황제님께 항상 감사의 마음을 갖고 있습니다."

"정말 다행이네요. 앞으로도 이런 평화로운 나날이 지속되었으면 하 는 바램입니다."

"비스바덴 님이 그렇게 말씀하셨으니, 반드시 그렇게 될 것입니다."

"저, 죄송한데… 지금 너무 졸려서요. 하하, 잠 좀 잘게요."

"아아, 주무시는데 방해해서 죄송합니다."

"아니에요. 그럼, 세릴에 근접하면 깨워주세요. 별장 가는 길은 따로 알려드릴 테니."

"알겠습니다."

/

"엇, 저기 온다!"

난 저쪽에서 마차가 오는 걸 보고 손가락으로 가리키며 소릴 질렀다. 과연 세이지 스승님의 말대로다. 저녁 8시쯤이면 비스바덴이 돌아올 거라고 하셨는데, 정말이다. 나와 카르자야 형은 별장 바깥에 나와 비스바덴이 돌아오기만을 기다리고 있었다. 마차가 별장에 다다르자 멈춰 섰고, 비스바덴이 하차했다. 비스바덴은 우릴 향해 걸어오며 말했다.

"카르 형, 페넨 형, 나 말이야… 시험에 합격한 것 같아!"
"역시 비스바덴이야! 하하!"

카르자야 형이 무표정을 유지하며 아무 말 없길래 내가 먼저 한마디 하였다. 나는 비스바덴에게 아버지의 안부부터 물었다.

"응, 매우 건강하셔. 내가 시험 보는 걸 참관하시더라고. 긴장은 됐지만, 실수는 하지 않았어. 그나저나, 샤이는 어디 갔어?"
"아, 샤이나르? 걔 오늘 난리였어."

나는 오늘 샤이나르에게 있었던 일을 비스바덴에게 설명했는데, 비스바덴이 매우 놀란 얼굴을 하며 "응, 그래서!?" 란 말을 계속해서 반복했다. 뭐, 황족이 괴한에게 인질이 되어버리는 급박한 상황이었지만, 나와 카르자야 형이 멋지게 해결했지. 난 개인적으로 매우 만족스러웠다.

"그래서 샤이는 지금도 만취 상태로 자고 있는 거야? 샤이한테 할 말이 있는데… 그나저나 카르 형, 페넨 형. 등 뒤에 검이 있네?"
"카르자야 형이 생일 때 받은 돈으로 같이 검을 하나씩 샀어. 오늘 괴한 잡을 때 여러모로 도움이 되었지."
"아아, 그렇구나… 어쨌든 별장 안으로 들어가자."

우리는 별장 안으로 들어왔는데, 별장 안 거실에는 세이지 스승님이 소파에서 느긋하게 커피를 마시고 있었다. 비스바덴은 안으로 들어오자마자,

"스승님! 저 해낸 것 같아요!"

… 라고 하며 자리에서 일어난 스승님의 품에 안겼다. 이에 세이지 스승님도 정말 대견하다는 듯 미소를 지으며 말했다.

"그래, 그동안 고생 많았다. 비스바덴."

비스바덴은 세이지 스승님의 품에 안긴 채로 계속해서 말을 이어나갔다.

"저 실기 시험은 100점 맞았어요. 필기시험도 대부분의 문제는 풀었는데 딱 한 문제 못 풀었어요. 스승님이 문제의 답을 알려주실 수 있나요?"
"아아, 그래? 무슨 문제인데, 기억하고 있니?"
"올리노프 제국의 영웅인 아이린 샤크바리가 케딘베르크 성전 때 올

리노프 제국의 병사를 고무시키기 위해 쓴 마법이 뭐냐는 문제였어
요. 암만 생각해도 모르겠더라구요."
 "음… 이건 우리가 공부했던 내용이 아니구나. 답은 용사의 기백이란
다."
 "용사의 기백이요?"
 "전장을 지휘하는 장군이라면 하나쯤은 가지고 있는 마법이지. 주변
인들의 사기를 고취하는, 오오라를 내뿜는 마법이다."
 "아… 그랬군요. 아, 그리고 이거 받으세요."

 비스바덴은 상의 속주머니에서 아버지로부터 받은 편지봉투를 꺼
내더니 세이지 스승님에게 넘겼다. 세이지 선생님은 의아한 얼굴을
하며 이 편지를 쓴 주인을 물었다.

 "아버지가 쓰신 편지에요. 반드시 읽어보라고 하셨어요."
 "음, 잘 알았다. 오늘은 힘들었을 테니 이만 쉬어라."
 "네, 스승님."

지겨운 공부

비스바덴은 몸을 씻으러 샤워장에 들어가고, 나와 카르자야 형은 편지의 내용이 궁금했기에 세이지 스승님의 반대편 소파에 앉아있었다. 카르자야 형이 궁금해서 미치겠다는 듯 스승님에게 물었다.

"뭐라고 쓰여 있어요, 스승님?"
"너희를 어떻게 지도할지에 대해 쓰여있다. 너희가 읽어볼 만한 내용은 아닌 것 같구나."
"그렇습니까… 이 별장에서 생활한 지도 벌써 3개월이 넘었는데 편지 한 통도 없고, 정말 매정하시군요."
"정 그러면 너희가 편지를 써보는 건 어때? 편지에 대한 답장 정도는 해주실 테니."

오오, 그거 좋은 생각인데? 난 카르자야 형에게 얼른 편지를 쓰자고 권유하였고, 형은 내 말에 응했다. 우린 2층 우리 방에서 펜과 편지봉투, 편지지를 꺼내 1층에 있는 독서실로 들어갔다. 그곳엔 네 자리가 있었고 집중해서 무언가를 하기 딱 좋게 책상에 칸막이까지 설치되어 있었다. 나와 카르자야 형은 각자 자리에 앉았다. 카르자야 형은 처음부터 막 계속해서 써나가고 있는데, 난 무슨 말부터 시작해야 할지 고민이 되어 펜을 귀에 꽂고 계속해서 생각하였다.

"다 썼다."

뭐야, 벌써 다 썼다고? 10분밖에 안 지났는데… 하여튼 카르자야 형은 뭐든지 빠르다니까. 카르자야 형은 가벼운 미소를 지으며,

"나 먼저 간다, 페넨. 후후."

라고 하고는 먼저 이 독서실을 빠져나갔다. 으으, 글 쓰는 거 너무 귀찮아! 나도 얼른 쓰고 나가야겠다. 난 드디어 펜을 들었다.

「아버지, 안녕하십니까. 아버지의 둘째 아들 올리노프 페네시스입니다. 이곳에 온 지도 벌써 3개월이 돼갑니다. 그동안 별고 없으셨습니까? 저는 카르자야 형, 비스바덴, 샤이나르, 그리고 세이지 스승님과 함께 즐거운 생활을 하며 잘 지내고 있습니다. 검술은 제 특기이므로 검술 수련은 문제없이 잘 받고 있으나 마법 수련, 지식 수련에는 많이 취약해서 그런지 집중도 잘 안되더군요. 하지만 그렇다고 해서 마법 수련과 지식 수련을 게을리하면 황태자로서 병사들에게 모범이 될 수 없으므로 앞으로도 계속해서 노력할 계획입니다」

이 정도로는 너무 짧아, 이제 뭘 더 쓰지? 나는 고심을 하였다. 쓸 만

한 게 뭐 없을까… 아, 그래! 카르자야 형의 생일 파티를 한 일하고, 샤이나르가 괴한에게 잡혔던 일을 써야겠다. 비스바덴이 마법사 시험을 치르러 수도 레타카로 간 일도 포함해서 말이다.

「3주 전에 카르자야 형의 생일이 있었습니다. 많은 귀족의 아들딸들이 찾아와 형의 생일을 축하해주었지요. 제 생일은 아니었지만 전 너무나 기뻤습니다. 오랜만에 만난 여러 인원과 즐겁게 얘기를 했습니다. 그리고 최근에 이런 일이 있었습니다. 샤이나르가 밤중에 대도시 세릴로 가서 아침까지 술을 마시고는 술주정을 부리며 방황하다가 괴한에게 붙잡혀 인질이 되어버렸습니다. 비상사태였죠. 저와 카르자야 형은 시장을 돌아다니던 도중 괴한을 발견해 그를 제압하고 샤이나르의 신병을 확보하였습니다. 저의 몇 없는 동생이 목숨을 잃을 뻔도 한 일이었지만 사건이 무사히 마무리되어서 정말 다행입니다. 비스바덴이 오늘 수도 레타카로 갔다가 지금 막 돌아왔습니다. 아버지도 비스바덴의 마법사 시험을 참관하셨다고 들었습니다. 어떠셨는지요? 비스바덴이 용감하게 잘하던가요? 저도 같이 봤으면 좋았을 텐데… 아버지의 막내딸 아리엔느는 건강하게 잘 지내고 있나요? 못 본 동안 얼마나 성숙해졌을지 얼굴을 보고 싶어 미치겠습니다. 최근 들어 수도에서 바쁜 일이 자주 일어나고 있다고 들었습니다. 아버지가 힘들어하실 걸 생각하니 마음이 아프군요. 저희가 응원하고 있을 테니 앞으로도 힘내시길 바랍니다. 올리노프 페네시스 올림」

하아, 드디어 다 썼다! 이 편지 하나 쓰는 데에만 무려 1시간이 걸렸다. 아아, 머리 아파… 난 편지를 편지봉투에 집어넣은 뒤 얼른 독서실을 빠져나왔다. 거실 소파에 그대로 앉아있었던 세이지 스승님이 내게 말했다.

"페네시스, 나에게 편지봉투를 주거라. 내일 세릴로 갈 일이 생겼다. 내가 대신해서 우체국에 들러 편지를 주고 오마."

"예, 그럼 부탁하겠습니다. 스승님."

그때였다. 계단으로부터 샤이나르가 졸린 눈을 비비며 내려왔는데, 만취하더니 지금 깨어났나 보다. 세이지 스승님이 샤이나르를 보며 큰 목소리로 외쳤다.

"샤이나르!"
"네, 넷!"

샤이나르는 깜짝 놀란 얼굴을 하고 있었다. 자기가 밤중에 별장을 빠져나와 세릴로 갔던 일은 기억하고 있겠지. 그래서 저렇게 당황하고 있는 거고. 과연 자신이 인질이 됐던 일을 기억하고 있을까?

"이리 오너라."

샤이나르는 세이지 스승님 앞에 가더니 무릎을 꿇었다. 세이지 스승님은 소파에 앉은 채로 팔짱을 끼며 엄한 목소리를 내었다.

"어제와 오늘, 무슨 일이 있었는지 알고 있느냐?"
"어제, 친구와의 약속 때문에 저는 허락도 없이 대도시 세릴에 놀러 갔습니다. 오늘 일은 일어나자마자 비스 형한테 들었습니다. 제가 인질이 됐었다고 하던데… 전 기억이 하나도 안나요."
"잘못했다간 죽을 수도 있었다. 하마터면 큰일 날 뻔했지. 너의 잘못은 잘 알고 있겠지?"
"네."

샤이나르가 이렇게 인정하는 모습, 처음 봤다. 항상 변명으로 가득

찬 녀석이었는데… 이번에 한 잘못은 좀 크긴 하지.

"따라 나와라."

샤이나르는 세이지 스승님을 따라 바깥으로 나왔다. 난 세이지 스승님이 무슨 벌을 줄지 궁금해서 그 뒤를 따랐다. 바깥으로 나오니 밤이라 그런지 여름임에도 불구하고 제법 쌀쌀한 바람이 불고 있었다. 스승님이 별장 앞에 있는 호수를 가리키며 말했다.

"이 호숫가를 뛰어서 한 바퀴 돌아라. 제한 시간은 1시간, 만약 시간을 초과할 경우 한 바퀴 더 추가다."

이 호숫가를 뛰어서 한 바퀴라… 나하고 카르자야 형의 체력이라면 1시간 안에 이 호숫가를 도는 건 어려운 일이 아니다. 다만 샤이나르라면 얘기는 달라지지. 샤이나르의 체력은 정말이지 저질이다. 샤이나르의 고생길이 훤히 보인다. 세이지 스승님이 시계를 보며 말했다.

"지금은 오후 9시 15분… 20분이 되면 출발해라."

샤이나르는 한숨을 쉬며 신발 끈을 다시 묶고 있었다. 나는 샤이나르가 조금 걱정이 되었다. 뛰다가 지쳐서 실신하는 거 아닌가 하는 생각이 들어 세이지 스승님에게 말했다.

"스승님, 제가 샤이나르랑 같이 뛰어도 되나요?"
"음, 원한다면 그러도록 해라."
"샤이나르, 나랑 같이 뛰자."
"칫, 페넨 형. 지금 나한테 체력 좋다고 자랑하는 거야?"

"네가 걱정돼서 그렇지. 같이 뛰어도 되지?"

"… 맘대로."

세이지 스승님은 시계를 계속해서 보고 있었다. 샤이나르는 출발선에서 출발 자세를 취하고 있었고, 나는 그 옆에서 실실 웃으며 자신만만한 얼굴로 옆에 서 있었다.

"출발!"

"젠장!"

샤이나르가 비속어를 쓰더니 제법 빠른 속도로 뛰기 시작했다. 저렇게 뛰면 금방 지칠 텐데… 나는 그런 생각을 하며 샤이나르의 뒤를 따랐다. 10분간 뛰었을까, 아직 호숫가의 1/4도 돌지 않았는데 벌써 지친 기색을 보였다. 계속해서 신음을 내더니 속도가 줄어들기 시작했다.

"샤이나르! 힘내! 넌 할 수 있어!"

"하아… 하아…"

난 샤이나르와 보폭을 같이 맞추며 격려를 했다. 15분 경과,

"XX, 하아… 하아…! 아, 힘들어!"

"뭐야, 샤이나르. 아직 15분밖에 안 지났다고! 1/4 지났어 지금! 좀 더 힘내봐!"

"하아… 하아… 나 이제… 더는… 못 뛰겠어…"

호숫가의 1/2을 돌고 있을 무렵, 샤이나르가 이젠 지쳤다며 멈춰 서고는 두 손으로 무릎을 짚으며 숨을 지나치게 크게 쉬기 시작했다. 같이 멈춰 선 나는 시계를 보았다. 오후 9시 45분, 아직 35분의 여유가 있었

다. 한 5분 정도는 쉬어도 괜찮겠다 싶어 나는 샤이나르에게 말했다.

"그럼 5분만 쉬자. 땅바닥에 누워."

샤이나르는 내 말대로 실행에 옮겼다. 한 3분 정도 지났을까, 숨이 안정되기 시작한 샤이나르가 나에게 말했다.

"페넨 형, 나… 시간 안에 다 돌 수 있을까?"
"넌 지금 25분에 절반을 돌았어. 이 정도 속도를 유지한다면 문제없어. 자, 뛸 수 있으면 일어나. 얼른 가자."
"응… 으차…"

샤이나르가 일어나더니 등에 묻은 모래 먼지들을 털기 시작했다. 엉덩이 부분이 심하게 묻어있길래 나도 적극적으로 협조했다. 대강 정리가 되자 우린 다시 뛰기 시작했고, 나는 옆에서 뛰고 있는 샤이나르에게 숨 고르는 방법을 설명했다.

"넌 지금 숨을 불규칙적으로 쉬고 있어. 숨을 코로 두 번 마시고 입으로 두 번 내쉬어, 한번 해봐!"
"흡, 흡… 하아, 하아…"
"좋았어, 그렇게 하는 거야!"

나는 샤이나르를 격려해가며 목적지까지 다다르도록 유도했고, 마침내 목적지가 보였다. 세이지 선생님은 아까부터 별장 바깥에서 우릴 기다리고 있었나 보다. 제시간에 도착지를 통과한 우리를 보더니 말했다.

"샤이나르, 땀이 많이 났구나. 들어가서 샤워하도록 해라."
"네, 하아… 하아…"
뛰느라 힘을 다 뺀 샤이나르는 지친 몸을 이끌고 천천히 별장 안으로 걸어 들어갔다.

"페네시스."

세이지 스승님은 샤이나르를 뒤로 하고 내 이름을 불렀다. 나는 그 목소리에 응했다.

"네, 스승님."
"잠깐 이야기 좀 할까?"

스승님과 나는 얘기할 겸 바로 앞에 있는 호숫가에 앉았다.

"샤이나르를 엄하게 다스리라는 황제님의 명이 내려졌다."
"역시 아버지군요… 걱정하실 만도 하죠. 샤이나르가 검술 수련을 잘합니까, 마법 수련을 잘합니까, 책을 읽습니까… 항상 밤마다 세릴로 가서 친구들이랑 술 마시고… 단련을 안 하고 있죠, 그 녀석은. 카르자야 형에게도 이 말을 하셨나요?"
"아니, 너에게만 하는 말이다."
"왜 저에게만…?"
"카르자야는 동생들을 신경 쓰는 타입이 아니다. 그저 자신의 앞만 보고 나아가지. 비스바덴은 이미 황제님으로부터 얘기를 들은 것 같았다. 샤이나르를 잘 관리하라고 말이지."
"음… 저도 샤이나르가 계속해서 신경이 쓰이긴 하지만, 결국 스스로 깨닫고 수련에 임할 것으로 생각해왔는데… 제가 너무 안일한 생각을 했나 보네요. 스승님의 생각은 잘 알았습니다. 형으로서 샤이나르를 돕겠습니다."

"그래, 역시 말이 잘 통하는군."

"또 하실 말씀이 있으신가요?"

"그… 오늘 있었던 너와 카르자야와의 검술 대결, 잘 봤다."

"아아, 제가 진 싸움이요?"

"난 개인적으로 네가 승리했다고 말하고 싶었다."

"… 네?"

"그때 그 찌르기는 엄청나게 날카로웠지. 실전이었다면 그대로 제압 당했을 거다."

"물론 그렇겠죠…"

그때 그 찌르기는 완전 즉흥적으로 나온 공격이었다. 될 대로 되라 식으로 그대로 돌진하며 질렀던 건데, 카르자야 형은 대처를 못 하고 당하고 말았지… 나도 성공하고 나서 스스로 놀랐다. 나한테 이런 기술이 몸에 배어있을 줄 몰랐기 때문이다.

"그런데 스승님은 카르자야 형의 승리라고 선언하셨잖아요. 그건 왜 죠?"

"형의 자존심을 세워주기 위해서다. 동생이 이기면 형으로서 기분이 안 좋잖니?"

그, 그렇군… 그런 뜻에서였구나. 하긴, 카르자야 형이 자존심이 엄 청나게 센 편이긴 하지. 난 스승님의 마음을 이해할 수 있다.

"그리고 그 검은 잘 샀다. 안 그래도 내가 사주려던 참이었다."

"아아, 그래요? 이제 저희가 실제 검을 다뤄도 될 정도로 많이 성장했다는 거죠?"

"그래, 난 너희가 장하구나. 이렇게 성장해주니 기쁘다. 아, 물론 샤이나르는 빼고."

세이지 스승님의 농담에 난 웃음이 나왔고, 세이지 스승님도 마찬가지였다. 스승님이 먼저 일어나더니 나를 일으켜 세우며 말했다.

"자, 그럼… 슬슬 별장 안으로 들어가자. 밤이라 그런지 조금 춥구나."
"네, 스승님."

우린 별장 안으로 들어갔다. 세이지 스승님은 부엌에 가더니 커피를 찾기 시작했고, 나는 2층으로 올라갔다. 내 방으로 들어가려 하다가, 문득 비스바덴이 보고 싶어 비스바덴과 샤이나르의 방에 찾아갔다. 그곳에는 비스바덴이 책상 의자에 앉아 책을 정독 중이었고, 샤이나르는 보이지 않았다. 샤이나르 녀석… 아직도 씻고 있나 보구나. 뭐, 어차피 비스바덴하고만 얘기할 것이었으니 상관은 없지만.

"어라, 페넨 형!"

비스바덴은 읽고 있던 책을 덮고는 날 반갑게 맞았다.

"아, 아니… 굳이 책 덮지 않아도 되는데, 무슨 책 읽어? 어디 보자, 책 제목이…"

"스마즈오르, 500년의 역사란 책이야. 국가들의 탄생과 전쟁에 대한 얘기가 담겨 있어. 올리노프 제국 역사가들이 작성한 거라 그런지 올리노프 제국 중심으로 기술이 되어 있더라구. 꽤 볼만해. 형도 한번 읽어볼래? 빌려줄 수도 있는데."

참고로 스마즈오르란 올리노프 제국, 페일로즈 왕국, 트라칸 공화국, 아인타 왕국이 지배하는 대륙을 통틀어 말한다. 현재까지 이 스마즈 오르 대륙을 제외한 다른 대륙은 발견된 적이 없다. 현재까지도 정계 에서 다른 대륙이 있다 없다로 열띤 토론이 벌어지고 있다. 내가 생각 하기엔 다른 대륙이 몇 개 정돈 더 있을 것 같긴 한데… 배를 타고 바 다로 나가면 육지는 하나도 없고 온통 바다뿐이기에, 다른 대륙이 존 재하지 않는다고 말하는 사람들의 생각도 이해가 안 되는 건 아니다.

"하하, 아냐. 난 책 읽다 보면 졸려서 자잖아. 너나 열심히 읽어."
"응, 그나저나 페넨 형이 이 방에 들어오다니 별일이네. 무슨 일이 야?"
"샤이나르 말이야…"

난 목소리를 깔고 비스바덴에게 천천히 말했다. 비스바덴은 내 말에 경청하려 들었다.

"아버지가 샤이나르를 엄하게 교육하라고 세이지 스승님에게 편지 를 보냈어. 너도 아버지한테 들어서 대충은 알고 있겠지?"
"응, 자기계발을 할 수 있도록 도우라고 하셨어. 카르자야 형은 성격 상 이 일에 소극적일 테고… 우리 둘이 노력해야지."
"내일부터 샤이나르를 적극적으로 돕자고. 난 검술 쪽에서, 넌 마법 과 지식 수련 쪽에서!"
"좋아, 페넨 형! 어디 한번 해보자!"

우리는 서로의 주먹을 맞대며 의기투합했다.

/

　현재 시각은 아침 8시, 난 잠을 이루지 못하고 지금껏 깨어있었다. 두근댈만한 일도, 걱정거리도 없었는데 잠이 안 왔다. 카르자야 형의 코고는 소리 때문만은 아니었다. 이렇게 불면증에 시달리면 곤란한데… 그래도 아침이니까 일어나볼까. 난 침대에서 몸을 일으키며 기지개를 켰다. 그런데 그때 마침, 세이지 스승님이 우리 침실로 들어왔다.

　"오오, 페네시스. 일어나 있었군."
　"스승님, 어쩐 일이세요?"
　"어제 말했지? 내가 세릴에 갈 일이 생겼다고. 오늘 검술 수련과 마법 수련은 취소지만, 네가 검술 연습을 주도해서 비스바덴과 샤이나르를 가르치도록 해라."
　"알겠습니다."
　"그럼, 부탁한다."

　세이지 스승님이 미소를 짓더니 이내 방을 나갔다. 내 주도하의 검술 수련이라… 세이지 스승님이 카르자야 형을 언급 안 한 것에 대해선 이해가 간다. 카르자야 형은 세이지 스승님이 안 계실 땐 별장에서 조용히 잠만 잘 것이 뻔하기 때문이다. 나는 카르자야 형을 놔두고 비스바덴과 샤이나르가 자는 방으로 들어갔다. 요 녀석들, 굉장히 귀여운 얼굴을 하며 자고 있는데 깨우기가 미안할 정도였다. 나는 세이지 스승님의 특기인 귀 잡아당기기를 선사하며 두 녀석을 깨웠다.

　"자자, 일어날 시간이다. 얼른 일어나!"
　"아야, 페넨 형… 조금만 더 자면 안돼?"

비스바덴은 침대 이불을 정리하고 일어나는 가운데, 샤이나르는 조금만 더 자면 안 되겠느냐며 내게 투정을 부리기 시작했다.

"오늘은 내가 검술 수련 담당이야. 얼른 하고 쉬자."
"어라, 세이지 스승님은?"

이불 정리를 끝낸 비스바덴이 궁금하다는 듯 내게 말했다.

"잠깐 세릴에 갈 일이 생겼대."
"아아, 그래? 샤이, 얼른 일어나자."
"에이, 귀찮은데…"

샤이나르가 마지못해 일어난다. 우린 화장실에 들어가 머리를 감고 칫솔질을 하고는 목검을 하나씩 쥔 채 별장 바깥으로 나왔다. 각자 잔디가 무성한 풀숲에 서서 내려치기를 연습하였고, 나는 둘을 번갈아 바라보며 자세들을 지적했다.

"비스바덴, 힘이 너무 안 들어가고 있어. 좀 더 힘을 내봐."
"이렇게?"
"응, 바로 그거야. 샤이나르, 넌 안 되겠다. 지적할 게 너무 많아. 내가 하는 거 봐봐."

난 내가 생각하기에 완벽한 내려치기 자세를 선보였다. 이것도 세이지 스승님이 보면 지적할 게 있겠지만… 샤이나르가 나의 내려치기 자세를 보더니 감탄하기 시작했다.

"우와… 난 어떻게 하면 페넨 형처럼 될 수 있는 거지?"

"세고 빠르게 하면 돼. 물론 말이야 쉽지. 계속해서 연습하는 게 답이
야."

"페넨 형, 나랑 한번 대결해보자."

내 검술 실력을 지켜보던 샤이나르가 용기를 내어 내게 대결을 신
청하였다. 아마 상대가 안 될 텐데… 적당히 상대해줄까. 좋았어, 나는
OK 표시를 했다. 비스바덴이 조금 떨어진 자리에서 지켜보는 가운데,
나와 샤이나르의 대결이 시작됐다. 시작부터 샤이나르가 덤벼들었다.
검을 높게 치켜들며 다가오길래 는 올려치기를 했다. 그랬더니 샤이
나르의 목검이 샤이나르의 손에서 벗어나 멀리 날아갔다. 단 1합 만에
대결은 종료되었다.

"으으… 내가 졌어."

샤이나르는 깔끔하게 패배를 인정하였다.

"샤이나르 너, 검 손잡이를 쥐는 힘이 너무 부족해. 그래서 날아간 거
야. 비스바덴, 너도 나랑 대결해볼래?"

"에, 글쎄… 내가 페넨 형하고 상대가 될 리 없잖아? 난 샤이랑 대결
해볼래."

"아, 그래. 좋은 생각이다. 아마 둘 다 실력이 엇비슷해서 해볼 만할
걸?"

샤이나르가 자신의 목검을 주워오자, 이번엔 비스바덴이 샤이나르
에게 대결을 신청하였고, 샤이나르는 이에 응했다. 참 치열하게도 싸
운다… 라는 생각이 들었다. 마법사 계열인 비스바덴이 샤이나르하고
도 막상막하라니, 샤이나르 이 녀석… 어지간히도 게으름 피워야지

이거 안 되겠네. 결국, 승자는 비스바덴이었다. 샤이나르는 몸이 지쳐 잔디에 누웠다.

"하아… 하아… 젠장, 내가 비스 형한테도 이기지 못하다니… 하아…"

승리한 비스바덴도 힘이 좀 들었는지 샤이나르 옆에 누워버렸다.

"하아… 그래도 샤이 너, 생각보다 강해졌는걸? 깜짝 놀랐어."
"비스 형도 마찬가지야. 전보다 훨씬 강해졌어."

둘이서 잔디밭에 누우며 서로 칭찬하는 모습이 굉장히 보기 좋았다. 나도 샤이나르 옆에 눕고는 옆에 있는 비스바덴과 샤이나르에게 말했다.

"우리, 여기서 한숨 잘까? 여름 바람이나 쐬면서."
"좋지. 하하하."
"나도 뭐, 상관없어."

비스바덴과 샤이나르가 한마디씩 하였다. 우린 천천히 움직이는 구름을 아무 생각 없이 바라보다가, 너무나도 졸려서 천천히 눈을 감았다.

/

나는 꿈을 꾸었다. 황궁 침실에 있는 침대에서 코를 골며 자고 있는데 누군가가 내 이름을 여러 번 불렀다. 난 조용히 눈을 떴는데, 내 눈앞에는 아름다운 소녀가 있었다.

"오라버니, 아침인데 이제 슬슬 일어나세요. 아침 식사 하셔야죠."

바로 아버지의 다섯째 딸, 아리엔느였다. 난 분명히 수도 레타카를 떠나 별장에 자리를 잡고 있었기에, 이게 꿈이란 사실을 눈치채고 있었다. 꿈이긴 해도 3개월 만의 대면이라 그런지 기분이 매우 들떴다. 난 침대에서 일어나서 본능에 따라 아리엔느에게 다가가 강제로 키스했다.

"어, 어머! 읍!"

… 젠장, 키스를 하다 보니 너무 기분이 좋아서 그런지 그만 잠에서 깨고 말았다. 옆을 돌아보니 비스바덴과 샤이나르는 아직도 자고 있었다. 나는 몸을 일으켜 자리에 앉아있었는데, 뒤쪽에서 누군가의 발걸음 소리가 들려왔다.

"너희들, 여기서 뭐 하냐? 스승님은 어디 가셨어?"

누군가 했더니 바로 카르자야 형이었다. 화장실에서 씻고 나오질 않아서 그런지 머리 형태가 푸른 레이어컷이었다. 카르자야 형이 올백 머리를 하지 않으면 나와 카르자야 형은 머리 색깔만 다를 뿐 쌍둥이마냥 똑같이 생겼기에 카르자야 형이 올백 머리로 변화를 준 지도 벌써 3년씩이나 흘렀다. 나는 형에게 아는 대로 말했다.

"스승님은 잠깐 볼일이 있다면서 세릴로 가셨고, 우리는 우리끼리 검술 수련하다가 잔디밭에 누워서 낮잠 잤어."

내 말을 들은 카르자야 형이 내 옆자리에 나란히 앉았다. 나는 형에게 자랑스러운 듯이 말했다.

"카르자야 형, 나… 방금 꿈에서 아리엔느가 나왔어."
"뭐, 뭣!?"

카르자야 형이 깜짝 놀랄 수밖에 없었던 이유는, 나와 카르자야 형 둘 다 아리엔느를 사랑하기 때문이다. 아리엔느를 결혼 상대로 점찍어둔 우리는 항상 아리엔느를 두고 경쟁했다. 아버지는 아리엔느의 결혼 상대로 카르자야 형과 나를 두고 고민에 빠지셨다. 카르자야 형이 내게 말했다.

"그, 그래서… 어떻게 됐는데?"
"강제로 키스해버렸지! 하하하!"

난 카르자야 형이 날 혼내기 전에 얼른 자리에서 일어났고 뒷걸음질했다. 카르자야 형도 덩달아 일어나며 소리쳤다.

"페넨, 너 이 녀석! 감히 나의 아리를!"
"나 잡아봐라, 메롱!"

우리는 연인 사이도 아니건만 나 잡아봐라 하며 추격전을 벌였다.

/

"자, 마음을 열고, 자연의 기를 그대로 받아들이는 거야."

오후 1시, 우리는 비스바덴이 대도시 세릴에서 사 갖고 온 빵과 우유를 먹으며 허기를 채웠다. 오늘의 마법 수련 시간은 가장 마법을 잘 구사하는 비스바덴의 주도하에 이루어졌다. 카르자야 형은 잠을 자러 별장에 들어갔고, 아직 마나를 모을 줄도 모르는 나와 샤이나르는 비스바덴의 지시에 따라 풀밭에 다소곳이 앉아서 마나를 모으는 훈련을 진행했는데, 이게 말이 쉽지, 마나를 모으는 것이 제대로 되질 않았다. 난 언제쯤에야 마나를 모을 수 있을까. 가장 기초적인 마법인 구슬을 써보고 싶을 정도다.

"어때, 페넨 형? 샤이도 느껴져?"
"......"
"난 전혀."

샤이나르가 내가 할 말을 대신해주었다. 비스바덴은 몰라도, 나와 카르자야 형, 샤이나르는 몸속에 마법에 관한 회로가 열리지 않았기에 아무리 해봤자 되지 않는다. 나는 마나를 모으는 데 온 정신을 기울여봤으나 마나를 모으기는커녕 가만히 앉아 있는 나에게 참새들이 눌러앉았다.

"아오, 젠장!"

나는 몸을 흔들며 새들을 쫓아내고는 풀밭에 누워버렸다. 그냥 아무것도 생각하지 않고 이대로 자고 싶다는 마음뿐이었다. 비스바덴이 날 보더니 어느 정도는 이해가 된다는 투로 말했다.

"페넨 형, 힘들지? 누워서 좀 쉬도록 해."

이때, 샤이나르가 손을 들며 이의를 제기했다.

"비스 형, 나도 여기까지만 하고 싶은데… 마나가 모여야 마법을 쓰든 말든 하지, 이건 시간 낭비야."

"샤이, 너는 아직 쉬면 안 돼. 오늘 했던 검술 대결에서도 나한테 졌잖아. 하나 정도는 특출나게 잘해야 백성들로부터 황족 대접을 받지. 아무 능력도 없는데 누가 널 알아주겠어? 넌 오늘부터 내가 특별히 지도할 거야. 저녁 식사 후엔 나랑 같이 독서실에 가자. 내가 권하는 책들을 읽으면서 지식을 쌓도록 해."

"비스 형, 물론 검술이나 마법을 익히거나 지식 수련을 하는 것도 좋지만, 노는 게 무조건 나쁜 것이라고만 생각하지는 말아줘. 비스 형은 너무 수련만 해서 탈이라니까."

샤이나르의 말이 틀린 건 아니다. 하지만 지금은 수련할 때다. 수련하기 위해 이 별장에 자리 잡은 거다. 난 형으로서 샤이나르에게 충고했다.

"샤이나르, 지금은 비스바덴의 말에 따르도록 해. 너의 말도 틀린 건 아니지만, 지금은 수련에 집중할 때야. 그러기 위해 이 별장에 온 거잖아? 우린 놀러 온 게 아니야. 이제 몇 년만 지나면 우린 성인이 된다고. 올리노프 제국을 번영시키기 위해 활동할 거란 말이야. 노는 게 나쁜 건 아니야. 근데 너는 너무 놀기만 해. 인제 그만 자신을 인지하고 형들과 세이지 스승님의 말을 잘 따르도록 해. 내 말 잘 알아들었니?"

"칫, 알았다구. 페넨 형. 그렇게 할게."

샤이나르는 자기보다 한 살 위인 비스바덴에게는 잘 대드는 편이지만, 나나 카르자야 형에게는 되게 온순하게 잘 따른다. 비스바덴은 모범적인 아이라 형으로서의 역할을 잘 수행하고 있다고 보는데, 샤이나르는 왜 비스바덴에겐 대드는 걸까. 내가 카르자야 형에게 대든 적은 없기에 날 보고 따라 하는 건 아닐 텐데 말이지.

"잘 돼 가냐, 페넨, 샤이."

카르자야 형이 잠을 자다 말고 어느새 올백 머리를 만든 뒤 별장을 나와 마법 수련을 하던 우리에게 물었고, 나는 도리도리 고개를 저었다. 샤이나르도 나를 따라 하고 있다.

"카르 형, 형도 마나 모으는 연습을 했으면 좋겠는데… 안될까?"

비스바덴이 되게 조심스럽게 카르자야 형에게 말을 걸었는데,

"싫어."

단호하게 거절당했다. 비스바덴은 "그래…?" 하며 풀이 죽었다. 참고로 말하자면, 카르자야 형과 비스바덴은 성격이 안 맞는 것인지 어쩐지는 모르겠지만, 사이가 그리 좋지만은 않다. 비스바덴이 다른 누구보다도 아버지로부터 독점적으로 사랑을 받아서이려나? 카르자야 형이랑 비스바덴이 사이가 안 좋은 게 언제부터였을까…

어릴 때부터 그래 왔던 것 같다. 카르자야 형이 제1 황위 계승자이기 때문에 다음 황위를 이어받을 사람은 카르자야 형이 되는 게 이치에 맞는데, 제3 황위 계승자인 비스바덴이 굉장히 박식하기 때문에 언제든지 차기 황제가 바뀔 가능성이 높다. 나는 뭐, 카르자야 형이 황제가 돼도 좋고 비스바덴이 황제가 돼도 기분이 나쁘지만은 않을 것 같은데, 내가 너무 욕심이 없는 건가… 제일 어중간한 둘째 아들이라 그런 것 같다.

사이 좋은 걸 굳이 순위로 매기자면 나와 카르자야 형이 가장 궁합

이 잘 맞아 사이가 좋고, 그다음으론 나와 샤이나르다. 그다음은 나와 비스바덴이고, 그다음이 카르자야 형과 샤이나르다. 생각해보니 비스바덴은 나를 제외하고는 다 사이가 별로구나. 비스바덴 녀석, 마법도 마법이지만 사교성도 어느 정도 길러야 할 텐데. 공부를 꾸준히 하는 건 좋지만 놀 줄을 모르는 녀석이다. 학자를 직업으로 삼기에 딱 좋은 케이스인 것 같다.

저녁 시간이 되었다. 우린 이번에도 빵과 우유로 배를 채웠고, 이제 슬슬 내 방 침대로 돌아가 쉴까 했는데 세이지 스승님이 별장으로 돌아오셨다. 세이지 스승님은 우리에게 거실 소파에 앉으라고 명령했다. 나와 카르자야 형, 샤이나르가 반대편에 앉고, 비스바덴은 스승님 옆자리에 앉았다. 스승님이 목소리를 가다듬더니 말했다.

"앞으로 1주일간 검술 수련과 마법 수련은 없다."

… 뭐라고!? 검술 수련과 마법 수련을 하지 않겠다고? 앗싸, 자유 시간이 늘겠구나! 그나저나, 1주일간 수련을 하지 않겠다니, 무슨 이유라도 있는 걸까?

"단, 1주일 뒤에 역사 관련 시험을 볼 거다. 퀴즈 형식으로 낼 거고, 그걸 너희가 맞추면 되는 거다. 총 10문제이며, 점수가 최하위인 2명에겐 벌칙이 주어진다. 비스바덴, 역사책이 4권 있는 건 확실하겠지?"
"네, 「스마즈오르, 500년의 역사」란 책을 말씀하시는 거라면 제가 방에 두고 읽고 있는 걸 제외하고 독서실에 3권이 있습니다."
"그렇군. 자신이 있으면 놀아라, 그렇지 않다면 책을 달달 외워라. 필시 너희에게 도움이 되는 내용이니, 정진한다 생각하고 열심히 공부해라. 이상."

세이지 스승님이 해산 명령을 내리자, 우린 각자 자기들의 방으로
돌아갔다.

/

"카르자야 형, 형은 어떤 식으로 공부할 거야?"

카르자야 형은 방 안으로 들어오더니 금세 침대에 누워버렸고, 나는
방 불을 켜고 책상 의자에 앉아있다가 문득 궁금해져서 형에게 물었다.

"공부 따위 안 해, 기본 실력으로 풀 거야."

카르자야 형이 침대에 누운 채로 등을 돌리며 말했다. 카르자야 형
이나 나나 역사 지식은 거기서 거긴데, 공부하지도 않겠다니 정말 다
행이군. 이로써 경쟁자 하나는 줄어들었다. 비스바덴이야 날마다 책
을 읽으며 지식 수련을 해왔으니 역사에 대해서는 가장 잘 알 테고,
그렇다면 내가 경쟁해볼 만한 상대는 샤이나르가 되는 건가. 샤이나
르 녀석, 지금쯤 방 안에서 비스바덴에게 여러 가지로 조언을 듣고 있
겠지? 나도 비스바덴에게 도움을 받을 수 있으면 좋을 텐데. 한번 비
스바덴에게 찾아가 볼까.

"비스 형, 나 좀 도와줘!"
"응?"

샤이나르가 비스바덴의 뒤를 따라 방 안으로 들어오더니 비스바덴
의 손을 부여잡고 애절한 어조로 말했다. 비스바덴은 잠깐 생각하더
니 곧이어 말을 꺼냈다.

"1주일 뒤에 개최되는 퀴즈 시험 말이야?"

"나 벌칙 받기 싫단 말이야! 또 보나 마나 호숫가 한 바퀴 돌라고 하겠지. 난 이제 더 이상 못해, 질렸다구. 어떻게 좀 도와줄 순 없어? 반칙 행위라든가, 그런 것들 있잖아."

"반칙 행위라니… 넌 왜 그런 것부터 생각하니? 제대로 공부해서 합격할 생각을 해야지."

"하지만, 하지만… 난 정말 자신 없다구. 이제 와서 안 하던 공부를 하라니. 카르 형이랑 페넨 형을 내가 어떻게 이겨!?"

"해보지 않으면 모르는 거야. 끝까지 포기하지 않고 공부를 하면 분명 합격할 거야. 자신감을 가져."

"나… 할 수 있을까?"

"할 수 있어, 분명히."

샤이나르가 비스바덴의 손을 놓더니 주먹을 불끈 쥐며 말했다.

"그럼 내가 공부할 수 있게 형이 날 이끌어 줘. 만약에 합격하면 나 다시는 형한테 안 까불게."

"… 좋아. 그럼 오늘부터 공부 시작하자. 독서실로 따라와."

"오늘부터라고? 지금 저녁인데?"

"오늘 카르 형이나 페넨 형은 분명 공부를 하지 않거나, 공부해도 내일부터 시작할 게 틀림없어. 우린 한발 앞서나가기 위해 오늘부터 공부해야지. 안 그래?"

"그, 그렇지만…"

비스바덴은 한 손으로는 자신의 「스마즈오르, 500년의 역사」 책과 어떤 종이들을, 다른 한 손으로는 샤이나르의 손목을 잡더니 2층 복도로 끌고 나왔다. 계단을 따라 내려가 1층으로 내려오더니 그대로 독서실로 들어갔다.

/

"비스바덴! 어라?"

나는 비스바덴과 샤이나르의 방에 찾아갔는데, 방 불도 꺼져있고 아무도 없다. 이 녀석들, 어디로 간 거지? 나는 1층으로 내려가 거실 소파에서 유유히 커피를 마시고 있는 세이지 스승님에게 물었다.

"세이지 스승님, 비스바덴과 샤이나르 혹시 어디 갔는지 아세요?"

그러자 세이지 스승님은 커피를 입에 물며 한 손으로 독서실 쪽을 가리켰다. 이럴 수가, 오늘부터 공부를 시작하겠다고!? 내일부터 천천히 시작해도 늦지 않겠지라고 생각한 내가 바보였다. 샤이나르가 이렇게 부지런할 리가 없지. 이것은 비스바덴의 생각하에서다. 난 독서실로 입장했는데, 비스바덴이 자신의 책을 펴보며 샤이나르에게 이것저것 물어보고 있었고, 샤이나르는 그것에 대해 대답을 하고 있었다.

"너희들, 오늘부터 공부하려고?"

나는 뚱한 표정을 지으며 비스바덴과 샤이나르에게 물었다. 그랬더니 비스바덴과 샤이나르 둘 다 고개를 끄덕인다. 나는 비스바덴에게 다가가 도움을 청했다.

"비스바덴, 나도 오늘부터 공부를 시작할 건데, 내가 공부에 집중할 수 있게 감시 좀 해줄래? 오늘은 자기 전까지 공부할 거야."

"알았어, 페넨 형. 딴청 피우면 바로 지적해줄게."

안 되겠다. 나도 얼른 공부를 시작해야지. 나는 책들이 진열된 코너에 들어가서 「스마즈오르, 500년의 역사」 책을 찾은 뒤 책상 자리에 앉아서 정독하기 시작했다. 내 책상 칸막이 너머에서 비스바덴과 샤이나르가 하는 얘기들이 조용하게 들려왔다.

"샤이, 현대사는 어느 정도 알고 있어?"
"나 그런 거 전혀 몰라. 그동안 공부 안 하고 살았다니까?"
"그럼 근대사는?"
"몰라."
"페일로즈 왕국, 트라칸 공화국, 아인타 왕국의 역사에 대해서는?"
"아 글쎄 아무것도 모른다니깐?!"

풉, 샤이나르 녀석… 완전히 돌머리가 아닌가. 내가 이런 샤이나르를 못 이길쏘냐, 샤이나르의 무식한 대답에 나는 마음이 진정되었다. 퀴즈 시험 날까지 급하게 읽지 않아도 샤이나르 정도는 충분히 넘어설 수 있겠다는 생각이 들었다.

"샤이, 이 종이들 한번 정독해봐."
"비스 형, 이것들은 뭐야?"
"내가 스마즈오르, 500년의 역사책을 읽으면서 내용을 요약, 정리해둔 거야. 이걸 읽으면 전체적인 역사의 흐름이 이해가 될 거야."

뭣이!? 그런 게 있었어? 난 자리를 박차고 일어나 비스바덴에게 다가가서 소리치며 말했다.

"비스바덴, 나도 그거 보여줘!"
"시, 싫어. 샤이한테만 보여줄 거라구!"

비스바덴이 완강하게 거부하였다. 비스바덴 요 녀석, 샤이나르가 날 뛰어넘게 하려는 속셈이구나! 샤이나르는 비스바덴으로부터 받은 그 요약본들을 품에 안고 있었다. 절대 내게 보여줄 것 같지 않은 기세였다.

"칫. 치사하구만. 흥."

매정한 녀석들, 나는 콧방귀를 뀌며 내 자리로 돌아갔다. 그런 요약본 따위, 읽지 않아도 샤이나르 정돈 이길 수 있다구! 자, 그럼 책을 볼까. 으음… 올리노프 제국의 건국 초창기 내용은 예전부터 공부해왔지만, 아직도 숙지가 안 되어있다. 우선 여기부터 읽어보도록 할까. 아, 잠깐만! 내가 독서실로 오기 전에 검을 내 방에 놔둔 건 기억나는데, 지금쯤 잘 있을까? 검을 놔두고 오니까 괜히 걱정되네. 난 자리에서 일어나 독서실 바깥으로 나가려 했는데, 샤이나르를 지도하던 비스바덴이 앉아있는 채로 날 불러세웠다.

"페넨 형, 어디 가? 얼른 공부해야지."
"아, 나 잠깐 볼일이 생겨서. 잠깐만 갔다 올게."
"… 그래? 알았어."

난 독서실을 빠져나와 계단을 통해 2층으로 올라가 내 방으로 들어왔다. 아아, 다행히도 내 검은 잘 있다. 다른 누가 훔쳐가지 않았군. 침대에선 카르자야 형이 코를 골아가며 졸고 있었다. 카르자야 형… 정말로 공부를 안 할 생각인 것 같군. 난 다시 1층으로 돌아와 독서실로 들어갔다. 내 자리에 앉아서 다시 책을 읽으려고 했는데, 갑자기 내 방의 지저분한 책상을 정리하고 와야겠다는 사명감이 생겼다. 난 자리에서 일어나 다시 독서실을 나가려고 하는데 이번에도 비스바덴이 날 불러세웠다.

"폐넨 형, 이번엔 또 어디 가?"
"내 방 책상 정리 좀 하러."
"… 나보고 형 공부하게 도와달라며. 자꾸 이러기야?"
"잠깐만 갔다 올게, 하하."

난 내 방 책상을 정리하는 데에만 10분을 소요하였다. 또 다시 독서실로 돌아와 자리에 앉았는데, 이번엔 오줌이 마려웠다. 난 또 다시 독서실을 빠져나갔다. 나는 이런 패턴으로 계속 2층과 1층을 왔다 갔다 하며 시간을 허비했고, 결국 책을 조금도 읽지 못하고 밤이 되어버려 결국 잠자리에 들었다.

'하아, 될 대로 되라. 나는 잘 모르겠다!'

/

아, 지겹다, 지겨워! 지금은 시험 당일, 오전 12시. 현재 독서실엔 나 혼자 있다. 시험은 오후 1시에 보기 때문에 난 독서실에서 역사책을 마지막으로 정독하는 중이었다. 난 그동안 열심히 공부하려고 애쓰긴 했으나 도무지 책이 잡히질 않았다. 물론 지금도 잘 잡히지는 않는다. 퀴즈 시험을 본다는 생각에 긴장도 되고 집중도 안되니… 카르자야 형은 오늘까지 단 한 번도 독서실에 와서 공부하지 않았고,

비스바덴과 샤이나르는 날마다 독서실에서 열심히 하는 것 같더라. 이러다가 나, 샤이나르에게 밀리는 거 아냐? 아직 퀴즈 시험을 보기까 진 1시간 정도 남았어… 시간이 촉박한 상황일 땐 고대사나 근대사보 단 현대사를 보는 게 좋을 것 같다. 현대사에서 문제가 나올 가능성이 가장 높으니까… 올리노프 제국의 영웅인 아이린 샤크바리에 관한 문 제는 반드시 나올 거야. 그건 틀림없다. 난 아이린 샤크바리를 다루는 부분을 열심히 읽는 중이었는데,

"페넨 형, 뭐해?"

지금 막 독서실에 입장한 비스바덴이 내게 물었다. 뭘 하냐니… 공부 하는 중이지. 그렇게 답변했더니 비스바덴이 난처한 얼굴을 하며 말 했다.

"스승님이 얼른 별장 바깥 풀밭으로 나오래, 퀴즈 시험 낸다고."
"무슨 소리야, 아직 1시간 더 남았잖아."
"시계 다시 확인해보는 게 어때? 지금 오후 1시야."

… 뭐지? 난 내 손목시계를 다시 확인해봤다. 암만 봐도 지금은 12시 14분, 아직 1시는 안됐는데… 으아니!? 초침이 움직이고 있질 않잖아? 아까 전까지만 해도 잘 움직였던 것 같은데… 오늘 배터리가 방전된 건가. 하여튼 난 비스바덴에게 알았으니 먼저 가 있으라고 얘기를 한 후 내 책상 자리에 놓인 책을 책들이 진열된 코너에 들어가 꽂고 나왔 다. 자, 이제 가볼까. 난 독서실을 나와 거실을 경유하여 별장 정문을 통해 나왔다. 별장 앞 풀밭에는 카르자야 형, 비스바덴, 샤이나르가 일 제히 앉아있었고 그 앞에는 세이지 스승님이 서 있었다. 세이지 스승 님이 늦게 나온 날 미덥지 않은 시선으로 노려보는 것 같아 황급히 뛰

어나왔다.

"죄송합니다, 스승님. 늦을 생각은 전혀 없었는데…"
"괜찮다. 자리에 앉아라."

난 카르자야 형과 비스바덴의 가운데에 다소곳이 앉았다. 난 양옆을 둘러봤는데, 다들 긴장하는 기색이 역력했다. 카르자야 형이나 샤이나르는 그렇다 치더라도, 비스바덴도 마찬가지라니… 세이지 스승님이 헛기침하시더니 우리에게 말했다.

"자, 다들 1주일 동안 공부는 열심히 했나?"
"네!"

우리 중 대답한 사람은 비스바덴과 샤이나르 뿐이었고, 나와 카르자야 형은 뻘쭘한 채로 대답하지 못했다. 1주일간 제대로 된 공부를 하지 못한 까닭이었다. 카르자야 형도 후회되겠지, 그동안 자거나 놀기만 했으니까. 세이지 스승님이 장황하게 역사에 대해 설명을 하기 시작했다.

"역사는 과거 내용이지만 그렇다고 경시해서는 안된다. 과거를 통해 현재를 깨닫고, 잘못을 되풀이하지 않는 미래를 만들어나가야 한다. 그러기 위해선 황족인 너희부터 역사를 배우는 과정이 필요하겠지. 우두머리가 똑똑해야 아랫사람들이 고생을 안 하게 된다. 내가 역사 퀴즈 시험을 준비한 이유는 바로 이것 때문이다. 모두 내 문제에 귀를 기울여 잘 풀어줬으면 좋겠군. 문제의 답을 아는 사람은 손을 들면서 자기의 애칭을 말해라. 자, 그럼 시작이다. 첫 번째 문제다."

순간 침을 꿀꺽 삼켰다. 드디어 시작이구나. 세이지 스승님이 주머니로부터 종이를 꺼내더니 천천히 읽기 시작했다.

"3년 전에, 현존하는 네 국가가 커다란 전쟁을 일으켰지. 케딘베르크 성전은 너무나도 유명해서 다들 잘 알고 있을 것이다. 서부의 올리노프 제국이 동부의 다른 세 국가를 상대로 전선을 유지하며 진군해나갔지. 그런 와중에 올리노프 제국의 영웅 아이린 샤크바리는 스마즈오르 대륙 중부 전선을 유지하는 것만으로도 모자라 자기들의 휘하 병사들을 데리고 대륙 동쪽에 자리 잡고 있는 페일로즈 제국의 성들을 공략해나갔지. 하지만 너무나도 깊이 들어가버렸기에 적들에 의해 퇴로가 차단되어 커다란 위기를 맞이했으나 올리노프 제국 본토까지 대장정을 함으로써 살아남을 수 있었지. 여기서 문제다. 아이린 샤크바리가 대장정을 거쳐온 루트는?"

… 이걸 어떻게 알아. 난 분명히 아이린 샤크바리에 대한 내용을 유심히 읽어보긴 했었지만, 설마 대장정 루트가 문제로 나올 줄이야. 아마 올리노프 제국 쪽으로 돌아가지 않고 페일로즈 제국 쪽으로 파고 들어갔던 것 같은데, 자세히 기억이 나질 않는다. 그런데 놀라운 건 바로 내 옆에 있던 비스바덴이 손을 드는 것이었다. 이에 온 시선이 그에게로 쏠렸다.

"비스! 아이린 샤크바리는 올리노프 제국 쪽으로 돌아가지 않고 페일로즈의 중소도시인 펜을 점령하고 동남부로 계속해서 이동하여 도스크 항구를 점령, 그곳에 정박해있는 배를 활용해 대륙 남부의 트라칸 공화국의 영해를 거쳐 긴 항해 끝에 올리노프 제국의 서북부 항구에 도착했습니다."

"명답이다, 비스바덴."

세이지 스승님이 손뼉을 치기 시작했다. 우리 나머지도 "오오…" 하면서 같이 손뼉을 쳤고, 비스바덴은 우리가 박수 쳐주는 게 부끄러운지 한 손으로 자기 뒷머리를 쓰다듬으며 "하하하…" 거렸다. 첫 번째 문제는 너무 어렵군. 다음 문제도 어려우려나… 난 스승님이 계속해서 하는 말에 집중했다.

"두 번째 문제다. 케딘베르크 성전이 일어나고, 많은 사람이 죽어 나갔지. 전력상 밀리고 있었던 페일로즈 왕국, 트라칸 공화국, 아인타 왕국 연합은 결국 올리노프 제국에게 정전 협정을 제안했다. 이때, 올리노프 제국 측에서 나온 이 외교관이 협상을 유리하게 이끌어 많은 영토를 확보할 수 있었지. 이 외교관의 이름은?"
"비스! 에드워드 로버트 백작입니다!"
"정답이다."
"오오…"

비스바덴을 제외한 우리 셋은 이번에도 감탄사를 내며 손뼉을 쳤다. 이럴 줄은 진작 알고 있었지만, 이번 퀴즈 시험은 비스바덴의 독주 무대나 다름없다. 워낙에 책을 많이 읽어대던 녀석이니까…

"세 번째 문제다. 대륙 남부에 있는 트라칸 공화국은 예전엔 왕국이었지. 트라칸 왕국이 공화정을 선포하여 트라칸 공화국이 된 연도는?"
"샤이, 이거 내가 알려줬던 거잖아! 얼른 손들고 말해!"

비스바덴 자신이 문제의 답을 알고 있음에도 샤이나르에게 양보하는 것처럼 보이는 대사를 내뱉었다. 샤이나르에게 얼른 답을 하라고 지시했건만,

"아, 뭐였지… 뭐였지… 아아…"

샤이나르는 머리를 긁적이며 대답할 말을 떠올리지 못했다. 그때였다. 내 왼편에서 형의 목소리가 들렸다.

"카르! 올리노프력 273년입니다."
"카르자야, 너… 찍었지?"

세이지 스승님이 날카롭게 카르자야 형의 정곡을 찌른다.

"아, 예…"
"틀렸다."

픔, 기본 실력으로 풀 거라더니… 아, 근데 나도 안심만 하고 있으면 안되지. 이 문제의 답을 모르겠다. 너무 슬픈데? 난 그래도 카르자야 형처럼 비굴하게 찍지는 않을 거야. 그냥 조용히 있어야지.

"아, 뭐였지… 아… 아! 맞다!"

샤이나르가 갑자기 떠오른 듯 오른손을 번쩍 들며 소리쳤다.

"샤이! 트라칸 왕국은 올리노프력 124년에 공화국이 됐습니다!"
"정답이다."

아니, 이럴 수가… 샤이나르가 한 문제를 풀다니! 이거, 큰일인 걸… 도대체 내가 맞힐 문제는 언제 나오는 것일까!? 세이지 스승님이 종이를 보며 계속해서 말을 이어나갔다.

"네 번째 문제다. 현존하지는 않지만, 예전에 가장 강대했던 국가로 셰르크 왕국이 있었지. 당시엔 왕국이었던 올리노프 측과 상당히 근접해 있었기에 우리에겐 큰 위협이었다. 하지만 결국 올리노프 왕국에게 멸망하고 말았지. 여기서 문제, 올리노프 왕국과 셰르크 왕국은 총 몇 번의 전투를 했을까?"

정말 고맙게도, 내가 알고 있는 역사 지식이다. 카르자야 형이나 샤이나르는 물론이고, 비스바덴도 잘 생각이 나지 않는다는 듯 유심히 생각하는 모습을 보이고 있었다. 내가 이 문제의 답을 알고 있는 것이 매우 자랑스러웠다. 난 여유롭게 손을 들며 외쳤다.

"페넨! 세릴 대전투와 마엔 전투를 포함해 총 13번입니다!"
"정답이다."

앗싸! 해냈다! 이로써 샤이나르와 동등해졌어! 어때, 샤이나르. 날 무시하지 못하겠지~? 후후, 나도 할 수 있어. 할 수 있다고! 벌칙만은 절대 받지 않겠어! 현재 상황은 비스바덴이 두 문제를 풀었기에 단독 선두, 샤이나르와 내가 한 문제씩 풀었고, 카르자야 형은 아직 한 문제도 풀지 못했다. 우리는 세이지 스승님이 내는 문제에 귀를 기울였다. 세이지 스승님의 입술이 천천히 움직였다.

"다섯 번째 문제다. 케딘베르크 성전 이후, 페일로즈 왕국, 트라칸 공화국, 아인타 왕국은 우리 올리노프 제국에게 조공을 바치게 됐지. 여기서 문제다. 아인타 공화국은 몇 개월에 한 번씩 조공을 하고 있지?"

… 모르는 문제다. 하지만 찍어도 맞출 수 있을 것 같은 문제인데? 내가 손을 들려고 하던 찰나, 내 왼편에서 카르자야 형이 빠른 속도로

손을 들었다.

"카르! 3개월입니다."
"틀렸다."

흐흐, 카르자야 형도 나와 같은 생각이겠지. 대충 정답 같아 보이는 개월 수로 찍어본 걸 거다. 그나저나… 3개월이 아니면 대체 몇 개월이려나. 내가 이런 생각을 하는 사이에, 누군가가 또다시 손을 들었다.

"샤이! 6개월입니다."
"틀렸다."

샤이나르마저도 모르는 듯하다. 나도 한번 유력한 답으로 찍어볼까.

"페넨! 2개월입니다."
"틀렸다."

역시나랄까, 난 찍는 데엔 자신이 없다. 그런데 아까부터 비스바덴이 우리를 바라보며 실실 쪼개고 있었는데, 이 녀석… 답을 알면서도 일부러 손을 안 들었던 건가? 결국, 비스바덴이 손을 들며 말했다.

"비스! 2.5개월입니다."
"정답이다."

… 아니, 소수가 정답일 줄이야. 세이지 스승님, 정답이 이런 거였으면 정답에 소수점이 들어간다고 말씀하셨어야죠! 라고 딴지를 걸다간 스승님에게 몰매를 맞을 것 같아 그만뒀다. 이로써, 비스바덴은 총 문

제 3개를 맞추며 한발 더 앞으로 나아갔다. 나도 분발해야겠는걸… 적어도 샤이나르만큼은 이겨야만 한다. 힘내자구, 페네시스!

"여섯 번째 문제로군. 먼 옛날, 스마즈오르 대륙에서 총 6개의 국가가 탄생했지. 올리노프, 페일로즈, 트라칸, 아인타, 셰르크, 바론이 그것이다. 국가의 탄생 순서를 기억하는가? 탄생 순서를 처음부터 나열하는 게 문제다."

… 이걸 어떻게 알아. 이런 게 문제로 나올 줄이야. 내가 예상한 문제들은 하나도 나오질 않는다. 조금 전에 셰르크 왕국과의 전투 숫자를 내가 맞혔던 것도, 솔직히 말하자면 뽀록이었다. 완벽하게 외웠다고 생각했던 아이린 샤크바리 문제마저도, 내가 정답을 맞히지 못하고 결국 비스바덴에게 내주지 않았던가. 이런 문제를 맞힐 수 있는 사람은 비스바덴뿐이다. 비스바덴이 손들며 우리에게 알려주듯 말했다.

"비스! 올리노프, 페일로즈, 셰르크, 트라칸, 바론, 아인타 순입니다."
"정답이다."

계속해서 모르는 문제투성이니, 슬슬 스트레스가 쌓이는걸? 다음 문제에서 재기를 노려야겠다. 세이지 스승님이 종이를 계속해서 읽어 나갔다.

"자, 이제 일곱 번째 문제인가. 앞서 언급했던 6개국 중, 고대 시대에 철기를 먼저 도입한 국가는?"

이건… 엄청나게 쉬운 문제다! 가장 멍청한 카르자야 형도 알고 있을 법한 문제다. 누구보다도 먼저 손을 들어야 해, 손을! 나는 손을 들자마자 내 애칭을 외쳤다.

"페넨!"
"카르!"
"비스!"
"샤이!"
"거의 동시에 외쳤군. 하지만 페네시스가 제일 빨랐다. 페네시스, 말해 보아라."
"셰르크 왕국이 철기를 가장 먼저 도입했습니다!"
"정답이다."
"오오오오오오오오, 좋았어!"

이로써 샤이나르와는 한 문제 차이로 내가 앞서간다! 너무나도 기분이 좋은걸? 문제를 맞힌다는 느낌이 이렇게 짜릿할 줄이야. 내 앞서감에 불안감을 느끼던 샤이나르는 샤이나르다운 비꼬는 말투로 내 심기를 건드렸다.

"칫, 페넨 형. 그저 운이 좋았을 뿐이잖아. 방심하지 말라구. 나도 곧 추격할 테니까."
그럴 수밖에, 비스바덴은 네 문제를 풀며 이미 앞서나가고 있기에, 사실상 샤이나르와 나의 2위 싸움이다. 열 문제가 끝이므로 앞으로 세 문제 남았는데, 얼른 하나 더 맞춰서 결정타를 날려야겠다.

"여덟 번째 문제다. 지금은 멸망하고 없는 셰르크 왕국은 어디를 수도로 삼았었을까?"
"페넨!"
"비스!"

"샤이!"

 난 둘째 아들이라 그런지 형이나 동생들보다 잘난 건 별로 없지만, 스피드만큼은 굉장히 자신 있었다. 이번에도 쉬운 문제였고, 난 누구보다도 먼저 손을 들었다.

 "페네시스, 말해 보아라."
 "너무 쉽군요, 대도시 세릴입니다."
 "정답이다."

 앗싸! 내가 주먹을 불끈 쥐며 굉장히 기뻐하고 있는 가운데, 샤이나르의 따가운 시선이 내 피부에 느껴졌고, 카르자야 형은 자신의 처지가 굉장히 절망적이라는 듯 한숨을 쉬었다.

 "페넨 형, 제법인데?"

 비스바덴도 미소를 짓더니 손뼉을 치며 날 칭찬해주었다. 앞으로 두 문제다. 이 두 문제를 샤이나르가 다 맞출 경우 나와 동률이다. 그런 상황까진 오지 않도록 한 문제를 더 맞힐 필요가 있다. 혹시 몰라, 카르자야 형이 한 문제 맞혀줘서 날 도와줄지도?

 "아홉 번째 문제다. 트라칸은 스마즈오르 대륙의 남부에 있는 유일한 공화국이지. 공화국은 통치자가 계속해서 투표로 인해 바뀌기 때문에, 왕국이나 제국보다 정치 참여자들이 많아 굉장히 민주적이다. 하지만 이 민주적인 정치 제도도 문제점이 존재하지. 그 문제점을 말하도록. 한 가지만 말해도 정답으로 인정해주겠다."

아… 이런 거 알아서 어디에 써먹는다고… 도대체 뭐가 있을까, 이 민주적인 제도의 문제점이란… 하지만 이번에 나보다 공부를 열심히 한 샤이나르는 자기가 알고 있는 문제라는 듯 손을 번쩍 들었다.

"샤이! 중우정치입니다."
"정답이다."

중우정치? 그게 뭐지? 세이지 스승님에게 물어봤더니, 내 오른편에 있던 비스바덴이 자세하게 설명해주었다. 어떠한 정치 문제건 간에 다수결로 운영이 되기 때문에, 사람 숫자가 많은 정당 쪽이 원하는 쪽으로 항상 의결된다. 즉, 다수당의 횡포란 것이다. 좋은 정보로군, 공화제… 마치 양날의 검인 것 같다. 스마즈오르 대륙에 공화국이 하나만 존재하고 있는 까닭이 인제야 이해가 간다. 어찌 됐건, 샤이나르가 문제를 맞혔으니, 나하고는 한 문제 차이다. 이제 마지막 문제인데, 샤이나르가 맞추지 말아야 해… 난 누구도 알아채지 못하게 왼편에 있던 카르자야 형의 팔을 내 왼손으로 살짝 꼬집었다. 제발 좀 맞춰달라는 암시였다. 카르자야 형은 날 잠깐 쳐다보더니 이해한 듯 고개를 끄덕거렸다.

"자, 이제 마지막 문제다. 이번에 샤이나르가 맞춘다면 페네시스와 샤이나르의 재대결이 되겠군. 물론 재대결 문제도 이미 준비되어 있다. 자, 그럼 내겠다. 과거에 페일로즈 왕국이 쓰러뜨렸던 국가로, 중앙집권 체제나 공화국이 되지 못하고 연맹왕국에 머물렀던 국가는?"

아, 아는 거였는데… 비스바덴은 알고 있는 눈치였다. 하지만 말하지 않는 걸 보니, 샤이나르에게 기회를 주려는 의도인 것 같군. 카르자야 형, 형은 이거 알아? 제발 좀 맞혀달라구! 나도 생각 좀 해봐야겠다…

그게, 뭐였더라… 마론? 마론이었나? 난 우선 정답을 말해보기로 했다.

"폐넨! 마론입니다."
"틀렸다."

역시 아니군. 근데 갑자기 카르자야 형의 눈이 번뜩였다. 내가 말한 걸
듣고 갑자기 떠오른 건가? 카르자야 형이 자신만만하게 손을 들었다.

"카르! 바론입니다."
"정답이다. 카르자야, 드디어 한 문제 맞혔군."
"이얏호! 카르자야 형, 정말 고마워!"

난 너무 기분이 좋아 감탄사를 내질렀다. 난 살았구나! 결국, 네 문제
를 맞힌 비스바덴과 세 문제를 맞힌 나를 제외한 나머지, 카르자야 형
과 샤이나르는 벌칙을 받아야만 한다. 카르자야 형은 이미 체념을 한
얼굴이었고, 샤이나르는 "제기랄, 제기랄"을 반복하며 자신의 성미를
표출하고 있었다. 세이지 스승님이 자신이 여러 개 접은 종이 중 하나
를 꺼냈고, 마침내 개봉함으로써 벌칙을 공개했다. 그 벌칙이란, 호숫
가를 앉아 걷기로 한 바퀴를 도는 것이다.

"헐."

카르자야 형이 자신도 모르게 탄식하였고,

"세이지 스승님! 다신 절대 안 까불게요. 제발 좀 봐주세요!"

샤이나르는 세이지 스승님의 다리를 붙잡으며 애원했으나, 이런 데

에 정이 이끌려 결단을 그르칠 스승님이 아니었다. 벌칙을 받을 카르자야 형이나 샤이나르가 너무 불쌍했다. 내가 받을 벌칙은 아니었지만, 만약 내가 받게 됐다면 정말 짜증이 솟구쳐 오를 것 같은데? 비스바덴이 세이지 스승님에게 말했다.

"저, 스승님. 벌칙 받는 거 관전… 해도 되는 건가요?"
"그래, 상관없다."

이윽고 카르자야 형과 샤이나르가 시작 선에 섰다. 세이지 스승님이 큰 소리로 앉으라고 외쳤고, 둘은 아무 말 없이 따랐다. 세이지 스승님은 그들의 뒤에 서더니, 조금 웃다가 장난기 어린 목소리로 말했다.

"자, 앉아 걷기를 하면서 이렇게 외쳐라. 나는 돌머리다, 라고. 알았나!?"
"네!"

카르자야 형과 샤이나르는 마지못해 말했다. 세이지 스승님은 목소리가 작을 경우 호숫가 한 바퀴를 더 추가하겠다고 덧붙여 말했다.

"나는 돌머리다! 나는 돌머리다! 나는 돌머리다! 나는 돌머리다!"

둘은 손바닥을 자신의 무릎에 갖다 대며 앉아 걷기를 하고 있는데… 되게 힘들겠다. 카르자야 형이 저렇게 군기가 바짝 든 건 난생 처음 본다. 비스바덴과 나는 안타까운 얼굴로 그들을 바라보며 뒤에서 천천히 걸었다.

시계를 위한 공연

"나는 돌머리다! 나는 돌머리다! 나는 돌머리다! 나는 돌머리다!"

… 대단한 집념이다. 카르자야 형과 샤이나르는 5시간째 앉아 걷기로 호숫가를 돌며 자기 자신들이 돌머리라는 사실을 외쳐댔다. 벌칙을 5시간씩이나 받다 보니 벌써 저녁노을이 지고 있었고, 드디어 별장 앞 도착지에 가까워졌다.

"나는 돌머리다! 나는 돌머리다! 나는 돌머리다! 나는 돌머리다!"

그들은 도착지에 다다르자마자 앞으로 기울어지더니 쓰러졌다. 다들 알이 배겨서 그런지 더 이상은 움직이지 못하는 듯했다. 세이지 스승님은 약간 엄한 얼굴로 그들을 지켜보기만 하고 있었다.

"… 페넨!"

카르자야 형이 내 애칭을 부르며 내게 도움을 요청하였다. 나는 주저하지 않고 카르자야 형을 일으킨 뒤 어부바하며 별장으로 이동하고 있었는데,

"크읏, 내 다리 살살 잡아! 아프다구!"

도와주고 있는데도 불구하고 내게 투정까지 부리기 시작했다. 말 같아선 내팽개치고 싶었지만, 그래도 내 하나밖에 없는 형이었기에 그러진 않기로 했다. 비스바덴은 샤이나르를 업고 내 뒤를 따라왔다. 우리는 별장 안으로 들어와 계단을 조심조심 밟아 올라가 2층으로 올라간 뒤 각자의 방으로 들어갔다. 나는 침대에 다다르자 내 등에 업히고 있었던 카르자야 형을 조심스럽게 내려놓았다. 카르자야 형은 금방이라도 죽을 것처럼 신음을 내더니 그대로 침대에 누웠다.

"카르자야 형, 괜찮아?"
"으으… 이런 벌칙인 줄 알았으면 게으름 피우지 않고 역사 공부하는 거였는데… 내 생각이 짧았다."
"그러게 우리들이 노력하고 있을 때 종이 한 장이라도 봤어야지."
"으으…"
"그래도 형, 내가 있으니 도움 받은 거야. 알고 있지?"
"그래, 나중에라도 보답하지."

그래도 침대에 누운 채로 움직이질 않으니 통증이 더는 느껴지지 않아, 카르자야 형은 아까보단 편안한 얼굴이 되어 있었다.

"형, 다리 알 배긴 거 맞지?"

"응… 이러다 한동안은 움직이지도 못하겠는데? 그나저나 배고프다… 곧 저녁 식사도 해야 되는데 어떡하지?"

"내가 먼저 식사하고 형이 먹을 걸 여기로 가져와서 먹여줄게."

"그래, 미안하다. 페넨."

그때였다. 우리 방 바깥에서 자꾸 누군가가 신음을 계속해서 크게 내고 있었는데, 비스바덴과 샤이나르의 방에서 들려오는 것 같았다. 난 카르자야 형에게 잠깐 갔다 오겠다고 말하곤 우리 방을 나와 비스바덴과 샤이나르의 방으로 이동했다. 가봤더니 이게 웬걸, 비스바덴이 샤이나르를 침대에 눕혀놓고는 그의 허벅지와 종아리를 계속해서 주무르고 있지 않은가. 샤이나르가 신음을 내는 것은 이 때문인 듯싶다.

"어라, 페넨 형. 왔어?"

비스바덴이 샤이나르를 계속해서 괴롭히는 광경을 포착한 나는 잠깐 멍해져 있었는데, 비스바덴이 내가 방 안에 들어온 걸 눈치채곤 고개를 돌려 내 쪽을 바라보며 말했다. 난 비스바덴이 샤이나르에게 왜 이런 짓을 하는지 궁금했다.

"비스바덴, 지금 뭐 하는 거야? 샤이나르가 아파 죽을 것 같은 표정을 짓고 있는데."

"아아, 이거? 이렇게 주물러줘야 알 배긴 거 금방 나아져. 샤이나르는 평소에도 운동을 잘 안 했으니까, 이렇게라도 풀어줘야지."

"아, 그런 거였어? 수고해."

"으아아아아악!"

다리에 알 배겼을 땐 저렇게 풀어줘야 되는구나… 처음 알았다. 근데 샤이나르의 표정이 굉장히 안 좋은 걸 보니, 내가 카르자야 형의 다리를 주무르다간 굉장한 고통이 느껴지기 때문에 나중에 몰매를 맞을 것 같다. 난 그러지 말아야지.

"저녁 시간이다!"

1층으로부터 별장을 뒤흔들만한 큰 외침이 들렸다. 분명 세이지 스승님의 우렁찬 목소리다. 어느새 저녁 식사를 마련한 모양이다. 이 외침에 비스바덴의 손이 잠깐 멈칫거렸다.

"비스바덴, 우선 식사하러 가자."
"아, 응…"

비스바덴과 나는 환자(?)들을 놔두고 방을 나와 계단을 통해 1층으로 내려갔다. 부엌에는 식탁이 하나 놓여 있었고, 5명이 앉아서 식사할 수 있도록 의자도 5개나 배치되어 있었다. 하지만 오늘은 상황이 그러하므로, 세이지 스승님을 포함해 셋이서 식사를 하였다. 스테이크에 수프라… 굉장히 이상적인 조합이다. 우리는 벌칙을 안 받았긴 했지만 그래도 5시간씩이나 걸었던 터라 허기가 진 건 벌칙 받은 인원들과 같다. 나는 평소보다 빠른 속도로 식사하고는 카르자야 형이 먹을 스테이크와 수프 접시를 들고 2층으로 올라가 우리 방으로 들어갔다.

"오오, 페넨… 어서 와. 나이스…"

카르자야 형도 매우 배가 고팠는지 기운 없는 말투로 나를 대했다.

나는 책상에 스테이크와 수프 접시를 놔두고는, 침대에 누워있는 카르자야 형의 상체를 일으켜 세운 뒤, 칼과 포크로 스테이크를 자르며 한입에 들어갈 만한 크기로 만들고는 카르자야 형의 손에 스테이크 접시와 포크를 쥐여 주었다.

"아, 그래도 벌칙 이후의 식사라 꿀맛이다…"

나는 카르자야 형이 스스로 스테이크를 한입 먹고 난 후 내뱉은 짧은 감상에 눈웃음을 지었다. 얼마 안돼 카르자야 형이 수프를 마시고 싶다고 해서 책상에 있던 수프 접시를 건네주던 도중, 문득 재밌는 대화거리가 생각나 카르자야 형에게 말했다.

"형, 솔직히 얘기해봐. 이렇게 먹여주고 보살펴주는 사람이 내가 아닌 아리엔느였으면 좋겠지?"
"… 그건 당연한 거 아니냐? 너, 아리 언제 포기할 거야? 아리는 내 거라고."
"하하하, 카르자야 형은 정말 못 말린다니까. 이미 승부가 난 싸움이라고. 아리엔느가 내 것이 되는 것은 명백한 사실이야."
"너 자꾸 아리가 자기 거다 하면 용서치 않을 거다? 아이구, 아이구…"
"그 몸으로 어떻게 아리엔느를 차지한다는 거야? 자기 몸에 품을 수도 없잖아? 하하하."
"칫, 페넨… 요새 자꾸 깝치네? 자꾸 그러면 내 몸 완쾌됐을 때 두고 보자."
"어, 카르자야 형. 이렇게 하면?"

나는 카르자야 형의 허벅지를 집중 공략하였고,

"으아아아아악!"

카르자야 형은 매우 고통스러워했다. 하여튼, 안됐지만 아리엔느는 내 거다. 우리 둘은 위대하신 아버지의 다섯째 딸, 아리엔느를 좋아하고 있다. 하지만 점수를 많이 딴 건 내 쪽이다. 난 카르자야 형보다 한 발 앞서서 아리엔느의 환심을 많이 사두었다. 내가 아리엔느에게 찝쩍댈 때마다 곁에 있던 카르자야 형은 얼굴을 찡그렸다. 카르자야 형은 연애 경험이 적어서 그런지, 아리엔느 앞에만 다가가면 말이 없어진다. 얼굴도 붉힌 채 말이다. 항상 그런 탓에 아리엔느는 카르자야 형이 자길 좋아하고 있는지도 모른다. 오직 페네시스, 즉 나만 바라보고 있다. 이대로만 쭉 간다면 나와 아리엔느의 결혼도 성사될 것이고, 난 행복한 삶을 살게 될 것이다.

비록 카르자야 형이 비스바덴과 황위 계승권을 두고 경쟁을 하고 있긴 하지만, 잘만 되면 아버지를 뒤이어 황제가 될 수 있지 않은가? 그러면 그때 예쁜 민간인 처자를 하나 꼬셔서 결혼하면 될 텐데, 왜 하필 아리엔느를 좋아하는 거냐고… 난 솔직히 말해서 이해가 안된다. 난 카르자야 형이 인제 그만 현실을 직시해줬으면 좋겠다. 이러저러한 생각을 하는 사이에 카르자야 형은 저녁 식사를 모두 마쳤다. 나는 접시들을 챙기고 우리 방을 나와 계단을 통해 1층으로 내려갔다. 부엌 설거지통에 접시들을 놔두곤 거실로 돌아와 소파에 앉아 있는 세이지 스승님의 반대편 소파에 앉았다. 얼마 안 있어 비스바덴도 내 옆자리에 앉았다. 보아하니 샤이나르의 식사를 돕고 내려온 모양이다.

"저, 세이지 스승님."

나는 세이지 스승님에게 조심스럽게 말을 꺼냈다.

"음? 무슨 일이지?"

세이지 스승님은 오늘도 변함없이 커피잔을 손에 들고 있었다.

"최근에 제 손목시계가 고장 나 버렸는데, 하나 살 돈을 주실 수 있습니까?"
"아아, 그렇군. 오늘 퀴즈 시험에 늦은 것도 그 때문인가?"
"네, 면목 없습니다."
"저번에 샤이나르가 인질로 붙잡혔던 사건을 해결한 보수로 관청장으로부터 5천 골드를 받았다고 들었다. 그걸 쓰면 되지 않겠나?"
"5천 골드로 시계를 살 수 있나요?"
"물론이지. 오늘은 너무 늦었으니 내일 아침에 비스바덴과 함께 대도시 세릴에 가서 사고 오도록. 카르자야나 샤이나르의 몸 상태가 회복이 될 때까진 검술 수련과 마법 수련은 진행하지 않을 테니 그 점은 걱정하지 말아라."
"알겠습니다."

다음 날 아침이었다. 오늘 아침 식사는 빵과 우유, 나와 비스바덴은 아침 식사를 하고 나서 부상자인 카르자야 형과 샤이나르에게 빵과 우유를 전달했다. 나와 비스바덴은 슬슬 준비하려 했다. 1층 화장실에서 같이 칫솔질하고 차례로 머리를 감은 후에 2층으로 올라와 각자의 방으로 들어갔다. 난 내 방에서 귀족 이상의 신분으로 짐작하게 만드는 겉옷을 챙겨 입으며 침대에 누워있는 카르자야 형에게 말했다.

"카르자야 형, 5천 골드 좀 가져갈게."

카르자야 형은 침대에서 상체만을 일으켜 빵과 우유를 먹고 있던 도

중이었다. 그러한 카르자야 형이 내 말에 식사를 중단하더니 먹고 있던 빵 쪼가리를 입 바깥으로 발사해가며 내게 말했다.

"그건 우리 전 재산이잖아. 왜 가져가는데?"
"내 손목시계가 고장 나버려서 말이야, 시계가 정확히 얼마인지 모르니까 다 가져가는 거지."
"으음… 너무 비싼 건 사지 마."
"알았어, 걱정하지 마. 하하. 그럼 형, 잘 쉬고 있어."

나는 검집을 등에 메고, 책상 서랍에 있던 돈주머니를 꺼냈다. 인질로 잡힌 샤이나르를 괴한으로부터 구출해냈던 그때, 관청장이 5천 골드라면서 우리에게 줬으니, 이 안엔 5천 골드가 있을 것이 분명했다. 난 정확한 액수를 확인할 필요가 없다고 생각했고, 한 손으로 돈주머니를 만지작거리다가 바지 주머니에 집어넣고는 여유로이 방 바깥 복도로 나왔다. 마침 비스바덴도 준비가 다 된 모양인지 자기 방에서 나왔다. 그때, 비스바덴이 머리에 쓴 중절모가 눈에 띄었다.

"비스바덴, 또 중절모 쓰려고?"
"여름이니까 쓰는 거지. 페넨 형도 이번 기회에 이런 모자 하나 구입해봐. 햇빛을 가리기 때문에 여름인데도 시원한 느낌을 받을 수 있다고."
"그런가… 난 그다지 흥미 없는데."

우린 1층으로 내려와 소파에서 커피를 마시며 아침을 즐기고 있던 세이지 스승님에게 다가간 뒤 나란히 서서 보고하기 시작했다. 물론 보고자는 비스바덴보다 나이가 한 살 더 많은 나였다.

"세이지 스승님. 페네시스와 비스바덴, 세릴로 다녀오겠습니다."

"아아, 그래. 조심해서 다녀오도록."

"알겠습니다."

우린 별장을 빠져나와 대도시 세릴 쪽으로 난 인도를 따라 걸었다. 조금 걸으니 인도 양옆으로 울창한 숲속이 나타났다. 대낮인데도 불구하고 숲의 그늘에 압도당할 것 같은 느낌이 들 정도로 어두웠다. 여름이라 그런지 나무에 달라붙은 매미들의 울음소리가 엄청났고, 우린 그 소음공해 때문에 별 대화도 하지 못하고 30분간 걸어 세릴 위병소에 다다랐다. 전에 카르자야 형 때문에 이 위병소에서 소동을 벌였던 기억이 아직도 생생하게 난다. 다시 그런 쓸데없는 소동은 벌이고 싶지 않다. 비스바덴이 자신의 중절모를 벗더니 나보다 더 앞으로 나아가 성문 앞을 지키고 있던 위병 둘에게 다가가 말했다.

"안녕하십니까, 위병소를 지키시는 병사님들. 수고가 많으십니다. 저는 저번에도 여길 지나간 적이 있었는데, 우선 이 신분증을 봐주시겠습니까?"

"이, 이건… 올리노프 제국의 제 3 황위 계승자, 비스바덴 님 아니십니까?!"

비스바덴의 신분증을 보던 병사 중 하나가 놀란 얼굴을 하며 말했다.

"제 뒤에 서 있는 저분은 제 형으로, 제 2 황위 계승자 올리노프 페네시스입니다."

"추, 충성! 근무 중 이상 무!"

비스바덴의 설명에 병사들이 사태를 인지했는지 경례 자세를 취했다. 이에 비스바덴이 당황스럽다는 듯 귀엽게 웃더니 결국 경례를 받아주었다. 비스바덴을 따라 천천히 걸어가고 있었던 나는 위병들과 가까워졌을 때 상냥한 어투로 말했다.

"병사님들, 오늘 부사관 근무자가 누구십니까?"
"그게… 다렌스 중사입니다."
"아하, 그때 그 사람 맞구나. 잘됐네요. 잠깐 불러주시겠어요? 할 얘기가 있어서."

내 말에 병사 하나가 즉각 반응하여 위병소 안으로 들어가더니 다렌스 중사를 데리고 나왔고, 다렌스 증사는 우리와 마주치자마자 경례를 하였다.

"올리노프 페네시스 님과 올리노프 비스바덴 님이시군요. 어쩐 일로 저를 부르셨습니까?"

다렌스 중사는 내가 왜 자기 자신을 불렀는지 도통 모르겠다는 얼굴이었다. 나는 그 이유에 대해 간단히 설명했다.

"제 4 황위 계승자 샤이나르 있잖아요. 앞으로 밤중에 여기, 세릴 성문을 지나가려 한다면 통과시키지 마세요."
"에옛, 혹시 어떤 이유인지 여쭤봐도 되겠습니까?"
"최근에 샤이나르가 밤중에 세릴에 와서 친구들과 함께 술집에 들르더니 만취 상태가 돼서 거리를 돌아다닌 적이 있었거든요. 그때 괴한이 그를 인질로 붙잡아 돈을 요구한 적이 있었습니다."
"그 얘기는 관청에서 들은 기억이 있군요."
"안 그래도 말썽 자주 피우던 녀석인데, 이 녀석이 가면 갈수록 도가 지나쳐서요. 스승님께서 샤이나르에게 밤중에 세릴에 놀러 가지 말라고 누누이 얘기하는데도, 약속을 안 지키고 몰래 별장을 빠져나와 이곳에 들러버리니, 미쳐버리지 않겠어요?"

"그렇군요… 페네시스 님의 얘기는 잘 알겠습니다만, 저희 입장에선 이런 게 있습니다."

"음? 뭐가요?"

"솔직히 말하자면, 전 아직 샤이나르님을 제지할 계급이 안됩니다. 위병소장은 보통 하사나 중사가 맡는데, 이런 계급으로 황족이신 분을 제지하다간 윗사람에게 어떤 소릴 듣게 될지… 저로서는 난처할 따름입니다."

"제 2 황위 계승자, 올리노프 페네시스가 이렇게 말하는데요?"

"물론 제 4 황위 계승자이신 샤이나르 님보다 페네시스 님의 명령에 따라야 하는 건 저도 잘 인지하고 있습니다만…"

"그 윗사람이란 누구죠? 제가 그 윗사람부터 설득해보겠습니다."

다렌스 중사는 세릴 관청에서 버티고 서 있는 대위, 관청장에게 이 얘기를 다시 해달라고 간청하였다. 으음… 중사가 황족을 제지하는 게 그렇게 어려운 거였나? 조금 의문이군. 하여튼 잘 알았다. 먼저 관청에 들르는 게 우선이 되어야 할 것 같군. 나는 비스바덴과 함께 대도시 세릴의 중심지로 이동하였다. 그곳에는 예전에도 봤던 으리으리한 관청이 떡하니 버티고 있었다. 우린 신분증을 통해 관청 정문을 간단히 돌파하고 안으로 들어갔다.

"관청장님~! 어디 계십니까~?"

"서, 설마… 올리노프 페네시스 님이시다! 모두들!"

"충성!"

"충성!"

　관청에는 이전에도 한 번 와본 적이 있는지라, 서류 일을 보고 있던 병사 하나가 내 차림새와 얼굴을 보더니 모든 병사에게 소리를 질렀고, 병사들은 일제히 우리가 서 있는 관청 입구 쪽을 바라보며 경례를 하였다. 이 소란 아닌 소란에 깜짝 놀란 중년의 남성이 관청장실 바깥으로 나와 모습을 드러내었다. 저 사람이다. 예전에도 만난 적이 있던 그 관청장이다, 라고 난 생각하였다. 관청장은 내 앞에 다가서더니 경례를 하였다.

　"충성! 제가 관청장입니다. 반갑습니다, 페네시스 님. 하실 말씀이 있는 것 같은데, 우선 안으로 드시지요."

　우린 관청장실 안으로 안내를 받았다. 그곳에는 푹신푹신한 의자들이 탁자 주위에 여럿 배치되어 있었다. 비스바덴과 나는 관청장과 반대의 자리에 앉았다. 관청장이 나는 알아보는 것 같은데, 비스바덴은 못 알아보는 것 같아 소개했더니, 그제야 비스바덴에게도 격식을 차리기 시작했다.

　"녹색의 단발머리를 한 분이 비스바덴 님이라는 얘긴 들은 적이 있습니다만… 설마 실제로 만나 뵙게 될 줄은 몰랐습니다. 하여튼, 용건이 무엇입니까?"

　우린 병사들이 타 온 커피를 마셔가며 관청장에게 아까 다렌스 중사에게 했던 얘기를 하며 설득하려고 노력했다. 제 2 황위 계승자가 하는 말인데 설마 반대 의견을 내진 않겠지라는 생각이 들었는데, 관청장은 내 말에 즉답하지 않고 진지하게 고민하고 있었다.

　"즉답을 피하는 이유가 뭐죠?"

관청장의 장고에 비스바덴이 나 대신 물었다.

"아아, 그게 말입니다… 옛날에도 이런 경우가 존재했었습니다. 역사 책을 읽으면서 알게 된 지식입니다만… 과거에 셰르크 왕국이 이 세 릴을 수도로 삼아 지배하고 있을 때, 셰르크 왕국의 중장이 셰르크 왕 국의 왕자를 이 세릴에 절대 통과시키지 말라는 지시를 내렸기에 위 병소장과 위병들은 철통 경비를 하고 있었는데, 결국 왕자가 이곳을 통과하지 못하자 자기 아비뻘 되는 그 나라 왕에게 고발한 겁니다. 그 말에 노한 셰르크의 국왕은 이 명령을 내렸던 중장과 위병소장, 위병 들을 전부 해고했습니다."
"그런 일이 있었군요…"

비스바덴이 관청장의 말에 꽤 감정이입을 하며 듣고 있었다. 어쨌든 이 이야기의 결론은, 난 무서워서 이런 일에는 동참할 수 없다… 인 것 같다. 내 명령에 따를 기색이 없는 것 같자 슬슬 열이 오르기 시작했 다. 나는 격양된 감정으로 관청장에게 말했다.

"관청장님, 저는 제 2 황위 계승자입니다. 제 4 황위 계승자의 말이 먹힐 것 같습니까? 제가 전력을 다해 관청장님을 변호해드리죠. 제 말 을 따라주시길 바랍니다."

나는 5번씩이나 이 말을 반복하였고, 관청장은 그제야 알았다는 듯 고개를 끄덕거렸다. 생각보다 내 말에 순순히 응하지 않아 짜증 났던 나는 한 손으로 관청 입구 문을 세게 열어젖혀 큰 소리를 내곤 비스바 덴과 함께 관청을 빠져나왔다.

우리는 세릴 시민들에게 대화를 걸어가며 시계방이 어딨는지 수색

하였고, 얼마 지나지 않아 다행스럽게도 골목길에 있는 시계방을 찾을 수 있었다. 안으로 입장하니 카운터에 서 있는 나이 든 주인장이 정면으로 보였고, 양옆으로는 각각 디자인이 색다른 벽시계와 손목시계들이 진열되어 있었다.

우린 유리로 된 진열장에 놓여있는 아름다운 색채가 담긴 손목시계들을 바라보며 감탄사를 내질렀다. 이 중에 하나를 고르라니, 내겐 너무나도 고민이었다. 아무튼, 시계들을 쭉 훑어보고 있었는데, 그중 한가운데에 놓여있는 손목시계 하나가 유독 눈에 띄었다. 이건 암만 봐도 금으로 만든 시계다. 금시계인 것이다.

"아저씨, 이 시계는 얼마죠?"

난 가격이 너무나도 궁금해서 카운터를 지키고 있던 주인장에게 금시계를 가리키며 말했고, 주인장은 스마일 표정을 유지하며 친절하게 가격을 설명하였다.

"아하, 그 금시계 말씀이십니까? 1만 골드입니다."

아, 사고 싶어 미치겠다! 난 이거 아니면 안 돼, 안된다고! 하지만 현재 내가 가지고 있는 돈은 5천 골드였다. 무려 5천 골드나 부족한 상황. 난 비스바덴에게 지금 개인적으로 가진 돈이 있는지 물었다. 이에 비스바덴이 자기 돈주머니를 꺼내서 지퍼를 열고 확인하는데, 1천 골드도 안됐다. 비스바덴이 진열장에 놓인 다른 손목시계를 지목하며 (그것도 싸구려다) 내 마음을 움직이게 하려고 했지만, 난 이미 저 금시계에 정신이 팔린지라 그런 시선 유도에 넘어가지 않았다.

"페넌 형, 아까 그 금시계는 우리가 살 수 없을 정도로 비싼데…"
"나도 알아. 어떡하지, 어떡하지…"

돈이 없어 하는 수 없이 건물 바깥으로 나온 나는, 어떻게 하면 저 금시계를 소유할 수 있을지 고민하였다. 우선 훔친다는 건 황족 체면상 말도 안되는 일이고, 그런 쪽은 웬만하면 배제하고 싶다. 그렇다면… 돈을 벌어볼까? 그런데 어떻게 벌지? 나는 그동안 돈을 벌어본 적이 없어서 어떻게 벌어야 할지 몰라 막막했다. 누구처럼 자기만의 가게가 있는 것도 아니고 말이다. 난 비스바덴에게 여러 가지로 물어봤는데, 그는 한 가지 묘안을 떠올렸다.

"그럼 체스 경기장에 가보는 게 어때? 돈을 걸고 체스를 하는 곳인데, 계속해서 이기면 거금을 모을 수 있어. 레타카엔 체스 경기장이 있었는데, 세릴에도 있으려나…?"

체스 경기장이라, 그런데 우리 실력이 그곳에서 잘 먹힐까? 실력이 형편없는 정도는 아니지만, 특기라 말은 못하고 취미라 할 수 있는 게임이다.

"내가 형을 위해서 어떻게든 해볼게."

우리 형제 중에서 가장 체스를 잘하는 비스바덴의 한마디에 내 마음이 손쉽게 움직였다. 우린 당장 체스 경기장 건물을 수소문해 10분도 안되어 그 건물을 찾았고, 입장했는데… 온통 아저씨들뿐이다. 사람 숫자가 꽤 돼 보인다. 아저씨들이 담배를 피워가며 여러 테이블 자리에 앉아 체스를 두고 있었는데, 여기… 우리가 이용해도 괜찮은 거지, 그렇지?

"어라, 학생이니? 아아, 옷차림을 보아하니… 귀족의 자제분들이시려나?"

체스 경기장 입구의 좌측에 카운터가 있었고, 그 자릴 지키고 있던 아저씨가 자리에서 일어나더니 우리에게 말을 거는데, 멀리 있는게도 아저씨 입에서 담배 냄새가 났다. 아마도 골초임이 틀림없다. 예전에도 느꼈던 거지만, 대도시 세릴의 시민들은 황족이란 게 존재하고 있는지조차도 모르는 것 같다. 다만 여기서 우리의 정체를 발설했다간 괜히 분위기가 싸늘해질 것 같아 그만뒀다. 난 이 입 냄새 지독한 아저씨와 거리를 유지한 채 숨을 참아가며 말했다.

"저희는 그냥 무명 귀족이에요. 체스 한판 하러 왔는데, 이곳 룰 좀 설명해주실 수 있나요?"
"우선 입장료는 한 사람당 500골드야. 대결할 사람을 구한 뒤 한 테이블에 앉아서 체스를 하면 돼. 보통은 1천 골드를 걸고 하지. 어때, 간단하지?"

아니, 상대가 귀족의 자제들이라면 존댓말을 써야지, 반말을 쓰다니?! 이에 대해 딴지를 걸고 싶었지단 더는 입 냄새를 맡기 싫어 그만뒀다. 우리는 도합 1천 골드를 지불하였다. 우리가 대단히 어린 티가 나긴 했지만, 체스 실력도 이에 비례할 거라 여긴 사람들이 우리에게 체스 승부를 신청하였다.

난 대결을 하지 않고 구경할 거라며 뒤로 내뺐고, 비스바덴은 흔쾌히 수락했다. 비스바덴은 자신의 트레이드 마크인 중절모를 벗더니 자기 무릎에 내려놓고, 자리에 앉은 뒤 이마에 난 땀을 닦았다. 난 비스바덴 옆에 서 있는 채로 이 대결을 지켜보기로 했다. 선착순으로 대결 상대가 된 기세 좋은 아저씨가 반대 자리에 앉더니 말로 우리의 기를 죽이려 들었다.

"이봐, 단발머리 귀족님. 잘 모르는 것 같아서 말해두는데, 난 꽤 강하다구! 조심하는 게 좋을걸?"
"하하, 그 정도라면 제가 질 수도 있겠는데요? 부디 살살 부탁합니다."
"자, 1천 골드 걸자구."
"페넨 형, 부탁할게."

… 응? 아아, 돈 걸어달라구? 알겠습니다요, 비스바덴 님! 난 비스바덴이 제발 이겨주길 바라는 마음에서 돈주머니의 지퍼를 열어 1천 골드에 해당하는 동전을 꺼내 체스판 옆에 올려뒀다. 상대는 정확히 1천 골드짜리 지폐를 올려놨다. 이 대결, 구경꾼들이 장난 아니게 많다. 어린 소년이 상대이기에 다들 꽤 흥미를 보이는 것 같다.

상대는 흑이고 비스바덴은 백이다. 비스바덴은 처음부터 가운데에 있는 폰을 전진시켰다. 게임의 시작이었다. 서로의 폰들이 신경전을 벌이다 갑자기 비스바덴의 나이트가 지나치다 싶을 정도로 전진했다. 상대방의 비숍이 나이트를 잡을 수도 있었지만, 비스바덴의 폰이 나이트를 지켜주고 있었기에, 상쇄되는 걸 원하지 않았는지 다른 기물을 움직였다.

그런데 이때였다. 비스바덴의 나이트가 한번 더 전진하더니 상대방의 킹에게 체크를 걸었다. 놀라운 건 한구석에 가만히 있었던 상대방의 룩마저도 나이트의 사정거리에 닿은 것이다. 킹이 피하면 룩이 잡힌다. 하지만 킹이 안 피할 수도 없는 노릇이다. 상대방은 자기 입술을 깨물며 비스바덴을 경멸하듯 쳐다봤고, 비스바덴은 그런 상대방의 얼굴을 바라보며 웃는 얼굴을 하였다. 킹이 피하자, 룩은 나이트에게 잡혀버렸다. 킹과 퀸 다음으로 중요한 기물이 룩인데, 그런 룩이 공짜로 잡혀버렸으니, 승부의 추가 손쉽게 기울어졌다.

"한 판 더 하실래요, 아저씨?"

비스바덴이 한 번 더 하자고 권했으나, 이미 패배의 쓴맛을 본 아저씨였다. 그는 기겁하며 자리에서 일어났다. 다음 사람도, 그다음 사람도 계속해서 도전했으나 그럴 때마다 번번이 비스바덴에게 무릎을 꿇었다. 우린 1천 골드씩 계속해서 재산을 늘려나갔고, 6번을 이겨 총 1만 골드가 되자 대결하는 것을 그만두었다. 건물 안의 담배 냄새도 너무 지독하다 보니 건강상 오래 못 있을 것 같고 말이다.

"대단한데, 비스바덴?! 우리 앞으로 이런 데서 일하면서 돈이나 모아볼까? 내가 너의 매니저가 되어줄게."
"아이, 페넨 형도 참… 오늘은 운이 좋아서 이긴 것뿐이야. 나 사실 그렇게 세지 않은 거 형도 잘 알잖아?"

우리 형제 중에서 가장 체스 잘하는 사람이 하는 말이다. 겸손도 정도껏 해야지, 이런 겸손은 상대방의 심기를 건드릴 뿐이다, 라고 비스바덴에게 말했더니 잘 알겠다며 반성하는 기색을 보였다. 하지만 너의 그 성격, 그다지 나쁜 건 아니야. 난 예의 바른 네가 굉장히 마음에 든다.

야호, 신난다! 이 1만 골드관 있으면 조금 전에 시계방에서 눈여겨봤던 금시계를 살 수 있다. 체스 경기장에서 시계방까지의 거리는 그리 멀지 않다. 나는 비스바덴과 어깨동무를 하며 룰루랄라 노래를 부르면서 세릴의 큰 거리를 걸었다.

이에 길거리를 지나다니던 사람들이 우릴 바라보더니 피식하고 웃다 자기 갈 길을 재촉한다. 하지만 이런 넓은 길거리엔 빠지지 않는 것들이 있다. 바로 거지들이다. 햇빛이 쨍쨍 내리쬐고 있는데도 불구하고, 상가 건물 앞에서 무릎을 꿇은 채로 땀을 뻘뻘 흘리며 돈을 구걸하는 모습들이 굉장히 불쌍해 보였다.

"폐넨 형, 잠깐만."

그런데 비스바덴이 노래를 부르다 말고 걸음을 멈추더니 날 불러세웠다. 너 설마… 저 거지들한테 돈 주려고? 이런 내 생각은 빗나가지 않았다. 비스바덴이 자기 바지 주머니에 있던 돈주머니를 꺼내더니 지퍼를 열고 1천 골드짜리 지폐를 한 사람당 하나씩 나눠주는 게 아닌가.

"비스바덴, 너…"

난 너무나도 어이없어서 할 말이 나오지 않았다. 할 말이 나오려고 할 때쯤에는 이미 거지들에게 돈을 건넨 뒤였다. 거지들은 그런 비스바덴에게 매우 감사하다며 서너 번 절을 올렸다. 상가 건물 앞에 앉아 있었던 거지는 총 5명, 5천 골드를 지불한 셈이다. 남은 5천 골드로는 내가 찜을 해뒀던 금시계를 사기엔 턱없이 부족하다.

"비스바덴, 너 뭐 하는 거야? 거지들이 아무리 불쌍해도 그렇지, 이 사람들은 게을러터져서 이런 처지가 된 거라고. 그걸 모르는 거야?"

난 비스바덴으로부터 돈을 받은 거지들이 다 듣는 앞에서 비스바덴을 꾸짖었는데, 비스바덴은 내 꾸중에 오히려 맞받아치기 시작했다.

"하지만 이 사람들은 우리가 돈을 주지 않으면 굶어 죽어버려. 그걸 가만히 놔둘 순 없잖아? 그래, 페넨 형. 난 착해. 너무나도 착해서 탈이라구. 하지만 다시 체스 경기장에 가서 돈을 따면 되는 거잖아? 그때 그 금시계는 반드시 사줄게. 날 믿어줘."

… 네가 이렇게 말해버리면 난 할 말이 없잖아. 알았다. 다시 돈을 따내겠다니, 믿어줘야지. 우린 가던 길을 되돌아가 체스 경기장 건물 안으로 입장했다.

"어라, 너희 또 왔니? 돈 더 따보려고?"

이번에도 카운터를 지키고 있던 아저씨가 입 냄새를 풍기며 우리에게 반말하였으나, 우리는 이에 아랑곳하지 않고 입장료 1천 골드를 지불한 뒤 테이블 하나를 차지했다. 이번 대결 상대는 빡빡이 아저씨였다.

"잘 부탁합니다."

중절모를 벗은 비스바덴의 단발머리 외모는 가히 굉장했다. 암만 봐도 귀족 이상의 풍채가 느껴졌다. 그런 비스바덴이 먼저 예의를 갖추었고,

"조금 전에 너의 실력에 대한 소문을 들었어. 이거 기대되는걸? 나도 잘 부탁한다."

빡빡이 아저씨 역시 매너 있는 말투를 구사했다. 난 서 있는 채로 둘의 대결을 지켜봤는데, 이번 상대는 심상치 않다. 빡빡이 아저씨의 퀸이 동분서주하면서 비스바덴의 빈틈을 노려댔고, 비스바덴은 식은땀을 흘려대며 이에 대응하기 바빴다. 이러다 보니 어느새 주도권은 빡빡이 아저씨의 것, 비스바덴은 자기 자신의 비숍이 손쉽게 잡혀버리자 스스로 패배를 인정하였고, 우린 결국 1천 골드를 잃고 말았다. 난 비스바덴의 첫 패배에 굉장히 당황스러워했고, 결국 훈계를 하기에 이르렀다.

"비스바덴, 전에 보여준 포스는 어디 갔어? 아까처럼 하라구."
"그게… 이 아저씨는 실력이 센 편이야. 나도 어찌할 도리가 없다고."
"빡빡이 아저씨, 이 애랑 한 판 더 해요. 설마 따고 배짱인 건 아니죠?"
"페넨 형, 이 아저씨 상대론 무리라니까…"

우리가 돈을 잃는다는 건 있을 수 없었다. 나는 얼른 당한 것에 대해 복수를 하라고 비스바덴에게 강요하였고, 비스바덴은 내 의견에 못마땅해 하면서도 결국은 수긍하더니 체스 게임을 계속 진행했다. 하지만 그럴 때마다 돈을 잃는 건 우리 쪽이었다. 우리 수중에 1천 골드밖에 남지 않았을 때, 안 되겠다 싶었던 나는 결국 비스바덴을 데리고 건물 바깥으로 나왔다. 비스바덴이 곤란한 얼굴을 하며 옆에 있던 내게 말했다.

"그러게 내가 말했잖아. 그 아저씨는 강하다고. 적당한 선에서 멈췄어야 했어."
"으으… 이래서는 금시계는커녕 싸구려 시계도 못 사겠네."

그렇다고 해서 거지들에게 줬던 돈을 다시 뺏을 수도 없는 노릇이다. 이걸 어쩌지… 시계를 사 오지 않으면 돈을 다른 데에 썼다고 세이지 스승님과 카르자야 형에게 의심을 받을 텐데… 어떻게 해서든지 시계를 사야만 한다. 돈을 벌 방법이 체스 경기장 승부 말고 뭐가 있을까…

"비스바덴, 너… 예전부터 그림 그리는 취미가 있었지?"

난 인도 건너편에서 앉아있는 채토 바로 앞에 앉아있는 사람의 초상화를 그리고 있는 늙은 화가 할아버지를 보며 말했다.

"응, 그렇긴 한데… 페넨 형, 설마…"
"저 스케치북 받침대는 얼마나 할까? 스케치북하고 연필도 같이 살 수 있으면 좋을 텐데."
"초상화 그리는 거 돈벌이 별로 안 돼. 그냥 별장으로 돌아가서 세이지 스승님에게 있는 그대로 말하고 혼나고 나서 돈을 빌리자."
비스바덴이 말하고 있는 그 짧은 사이에, 난 이미 그 화가 할아버지에게 다가간 상태였다. 나는 화가 할아버지에게 스케치북 받침대, 스케치북, 연필의 가격을 물어봤다. 작업하는 도중에 말 걸어서 미안하긴 하지만, 워낙 다급한 상황이었기에 그런 걸 일일이 따질 여유가 없었다. 하여튼 그랬더니 화가 할아버지가 답변을 해주는데, 싸구려 제품만을 구입하더라도 다 합쳐서 2천 골드라는 것이다. 하지만 우리에게는 그걸 살 돈이 마땅치 않았다. 그때, 한 가지 좋은 생각이 떠올랐다. 난 그 화가 할아버지에게 제안했다.

"저희가 대신 앉아서 일할 수 있을까요? 제 옆에 있는 이 애도 그림 좀 그리거든요. 수익의 50%는 할아버지에게 드리는 걸로. 어때요?"
"허허, 차림새를 보아하니 귀족 같은데… 젊은이들이 아주 기개가 넘치는구만. 좋네. 그렇게 하세나."

 화가 할아버지는 그리던 그림을 계속 그려, 20분 안에 자신이 맡고 있던 사람의 초상화를 완성하고는 다음 손님을 받았다. 물론, 이제부터 그림을 그릴 사람은 비스바덴이다. 비스바덴은 손을 떠는 듯 마는 듯하면서도 열심히 그림을 그리기 시작했다. 대상을 계속 관찰해가며 그림을 그리니 앞에 앉아있는 여성 손님과 얼굴이 제법 비슷한 그림이 되었다. 1시간 30분의 작업 끝에, 그림이 완성되었다. 앉아있는 여성 손님이 완성된 초상화를 보더니 말했다.

 "어머! 너무 잘 그리셨어요! 제가 꽤 예쁘게 나왔군요! 자, 돈 받으세요."

 이 여성 손님은 초상화 그려주는 대신 받는 가격인 1천 골드에 1천 골드를 덤으로 주곤 자기 초상화를 들고 어디론가 가버렸다.

 "자, 이제 돈 나눠야지?"

 우린 화가 할아버지의 상냥한 어투에 못 이겨 결국 1천 골드를 반납하였다. 1시간 30분 만에 1천 골드라… 우린 이렇게 돈을 여유롭게 벌 상황이 못 된다. 게다가 이번 건 팁을 줬기 때문에 1천 골드를 받은 게 아닌가. 팁을 못 받았다면 5백 골드였다. 계속해서 한 사람당 1시간 30분씩 그린다고 쳐도, 결국 5천 골드를 넘기질 못 할 거란 생각에 우린 그림 그리는 일을 그만두었다.

 "이걸 어쩌… 이제 우리 수중엔 2천 골드뿐이네."

거지한테 돈만 안 줬어도 이렇게 돈 걱정을 할 이유가 없었는데… 비스바덴이 원망스럽기만 하다. 나는 비아냥거리듯 혼잣말을 하였고, 비스바덴은 고개를 푹 숙이고 있었다. 그렇게 우리는 기운 없이 세릴의 큰 거리를 걸어가고 있었는데, 이윽고 세릴의 큰 광장이 모습을 드러냈다. 예전에 카르자야 형과 함께 샤이나르를 찾다가 왔던 그곳이다. 광장의 중심에 있는 무대에선 연기자들이 세트장을 꾸미느라 매우 분주하다. 아직 연극이 시작되려견 시간이 필요해 보인다. 연극, 연극이라… 난 비스바덴을 불러세웠다.

"비스바덴, 우리… 연극 한번 해보지 않을래?"

내 말에 푹 숙였던 고개를 드는 티스바덴, 그는 굉장히 당황스러운 얼굴을 하며 옆에 있던 내게 말했다.

"페넨 형, 저 사람들은 전문적인 실력을 갖춘 연기자들이야. 아직 어린 데다 연기에 대해 배워본 적도 없는 우리가 어떻게 연기를 해… 말도 안되지."
"황족이란 신분을 이용해서 말이야."
"연기자들한테 사전에 우리들의 정체를 밝히겠다고?"
"응, 어떻게든 연극 한 번만 하면 거금이 들어올 거야. 우리가 인생역전을 하려면 이 방법밖에 없어."
"으음… 난 차라리 체스 경기장이나 한 번 더 가는 게 좋을 것 같은데…"
"빡빡이 아저씨한테 신나게 깨져놓고 그 말이 나와?"
"그렇지만…"
"이미 결정됐어. 연기자들을 지휘하는 감독한테 가보자."

비스바덴과 나는 광장을 향해 걸어갔고, 무대 위로 올라섰다. 세트 장을 꾸미던 연기자들이 우릴 흘긋 쳐다보더니 저 사람들도 뭔가 사정이 있겠거니 여기며 제 할 일을 하고 있었고, 무대의 중심에는 감독으로 보이는 중년 남성이 연기자들에게 이것저것 지시를 하고 있었다. 나는 비스바덴을 데리고 감독 앞으로 다가갔다.

"아저씨가 감독 맞죠? 그렇죠?"

나는 싱글벙글 웃으며 감독인지 아닌지 구별을 하기 위한 말을 하였고, 감독으로 보이는 사람은 우리가 입은 옷을 보더니 귀족 이상의 신분인 것을 깨달았는지 격식을 차리며 말했다.

"아, 예. 연극의 감독을 맡고 있는 카즈로라고 합니다. 실례지만 어느 집안의 귀족분들이신지?"
"우선 이 신분증들을 확인해주세요."

나와 비스바덴은 자신의 바지 주머니에 들어있던 신분증을 꺼내 감독에게 제시했는데, 카즈로 감독은 입을 떡 벌리며 감탄사를 내질렀다.

"오오, 올리노프 제국의 황태자분들이십니까… 가까이서 뵙게 되어 영광입니다. 제게 어떤 용무가 있으신지…?"
"저희도 연극 한번 해보고 싶네요. 용돈 벌이 겸 해서요. 어떻게 끼워줄 수 없습니까?"
"흐음…"

카즈로 감독은 신분증을 우리에게 반납하고는 진지하게 고민하기 시작했다. 사실 연극이라는 것이 짜여진 각본에 맞춰 연기자가 구성

되어 긴 시간을 거쳐 대본을 숙지하고, 당일 날까지 실전과 같은 연습을 거쳐 하는 것이지만, 우리는 솔직히 말해 무데뽀식이었다. 황족이라는 이유만으로 끼워달라니, 내가 생각해도 좀 웃겼다. 이 카즈로 감독이 진지하게 생각하고 있는 것도 우리가 황족이라는 이유 때문일 것이다. 카즈로 감독은 고심 끝에 우리를 향해 입을 열었다.

"사실대로 말씀드리자면, 2시간 뒤에 곧 연극이 시작됩니다. 주연이나 조연 자리는 이미 연기자들로 꽉 찼습니다. 엑스트라라면 빈자리가 있는데, 그거라도 해보시겠습니까?"
"아뇨, 엑스트라 할 생각으로 온 게 아닙니다. 주연이나 조연으로 넣어주세요."
"페넨 형, 그냥 엑스트라로 만족하자… 우리가 연극을 어떻게 해."

비스바덴이 소심하게 내 옷깃을 손으로 잡아끌며 말했다. 하지간 여기서 엑스트라에 만족해버리면 난 결코 금시계를 살 수 없을 것이다. 나는 카즈로 감독에게 한 가지 제안을 했다.

"아저씨, 연극 내용이 케딘베르크 성전을 배경으로 하죠?"
"아아, 예. 저희 연극을 보신 적이 있으신 것 같군요."

난 20분에 걸쳐 내 머릿속에 존재하고 있었던 장황한 허구 이야기를 감독에게 들려주었는데, 내 말에 카즈로 감독의 표정이 굉장히 밝아졌다. 감독은 내 얘기를 다 듣더니 내용을 재구성해주겠다며, 우선 점심 식사부터 해결하라고 우리에게 5백 골드를 주었다. 우린 광장 뒤편에 있었던, 예전에 가본 적이 있었던 레스토랑에 들어가 한 끼 식사를 해결하곤 다시 무대 위로 되돌아왔다. 그곳에는 카즈로 감독과 몸이 삐쩍 마른 시나리오 작가 하나가 있었다. 감독이 우리에게 이 시나리오 작가를 소개했다.

"이 자가 황태자님들에게 대본을 나눠주며 설명할 것입니다. 저는 잠깐 실례하겠습니다."

카즈로 감독은 자기 할 일을 하러 어디론가 가버렸고, 시나리오 작가는 우리에게 대본을 나눠주며 설명을 하는데, 아직 변성기가 오지 않은 것 같은 내시스러운 목소리였다. 뭐 이런 사람이 다 있나 싶었지만, 그냥 그러려니 하고 얘기를 계속해서 들어주었다.

"우선 황태자님들은 씬 1에서 카시우스 황제 역을 맡은 자와 연기를 합니다. 그리고 씬 3에서는 아이린 샤크바리 역을 맡은 자와 동행합니다. 씬 7에서 타 국가 병사들과 싸우게 되며, 이때 비스바덴 님은 생포되어 인질로 잡혀가게 됩니다. 씬 9에서 페네시스 님과 아이린 샤크바리 역의 연기자는 비스바덴 님을 구출하는 데 성공하는 듯하나, 비스바덴 님이 결국 죽음을 맞이합니다. 씬 10에서는 페네시스 님이 목숨을 잃은 비스바덴 님을 끌어안으며 절규하는 장면이 들어있습니다. 제가 언급한 씬들에 나오는 대사를 확인해주십시오."
"제가 말한 대로 대본을 수정하는 작업이… 우리가 레스토랑에서 식사한 30분 안에 끝날 분량이었던가요? 굉장하네요."
"사실 빠른 집필 마법을 사용했기 때문으로, 어렵지 않았습니다."

나는 이렇게까지 우리를 위해 편집 작업을 해준 시나리오 작가가 너무나도 고마웠다. 지금은 돈이 없어서 해줄 것이 마땅히 없었기에, 말로써 그를 추켜세웠다. 이에 그는 너무나도 쑥스러웠는지 몸을 빌빌 꼬았다. 우린 무대 앞에 앉아서 연극이 진행되기만을 기다리고 있는 관객들의 눈을 피해 무대 옆편으로 이동한 뒤, 받은 대본을 열심히 읽어내려가며 머릿속에 입력시키려 했다. 다른 연기자들도 바뀐 대본을 열심히 숙지하느라 바쁘다. 40분 경과, 아직 30분가량 남았지만, 이 모든 것을 외우기엔 턱없이 부족한 시간이었다.

"페넨 형, 씬 10에서 우리가 하는 대사들 있잖아… 이 부분이 잘 안 외워지네."
"뭣이!? 비스바덴, 너 벌써 씬 10을 외우고 있어? 나보다 훨씬 빠르네. 난 아직도 씬 7 외우고 있는데."
"잠깐 씬 10 내용을 봐줘. 이건… 너무 시에서나 나올 법한 대사를 하고 있잖아. 이걸 어떻게 외워."

비스바덴의 말대로였다. 이 부분을 도대체 어떻게 외워야 하지… 걱정이 태산이다. 하지만 돈을 벌기 위해서라면 이런 수고쯤은 마다하지 말아야지. 우린 반드시 성공할 것이다. 그리고 난 금시계를 사고야 말 것이다!

/

아버지 역할을 맡은 사람이 우리에게 존댓말을 쓰니 뭔가 좀 찜찜하군. 하여튼 씬 1에선 비스바덴과 내가 마지막에 출연한다. 씬 1의 배경은 수도 레타카의 성안, 황제 알현실이다. 무대의 배경은 아무것도 그려져 있지 않은 백지였지만, 무대 바닥에 깔린 카펫이라든지, 황제가 앉는 옥좌 같은 소품들은 이곳이 황제 알현실이라는 것을 설명하기에 충분했다. 그리고 그 옥좌에는 이디 올리노프 제국의 황제, 카시우스로 지칭되는 아까 그 연기자가 앉아있었고, 그 황제를 지키는 역할을 담당하는 병사 둘이 양옆으로 서 있었다.

솔직히 말해서 저 황제 역의 연기자는 우리 위대하신 아버지와 하나도 닮지 않았다. 사실 우리 아버지는 매우 자상하게 생기셨다. 하지만 저 연기자는 마치 온갖 아부를 해대며 기회를 노려 높은 직위를 차지한 귀족들과 같이 얍삽하게 생겼다. 그래도 턱수염은 어디서 본건 있어가지고… 턱수염 부분은 똑같은 것 같다. 아마 저 연기자의 실제 수염은 아니겠지? 하여튼 이 황제는 얼굴에 근심이 가득한 표정을 지으며 혼잣말을 하고 있었다.

"내가 황제가 되겠다고 선포하자마자 페일로즈, 트라칸, 아인타가 연합하여 우리 올리노프 제국의 영토에 쳐들어오다니… 벌써 3일째이다. 전쟁이 시작되었으니 앞으로 많은 청년이 전쟁터에 나가 싸우고, 운 나쁜 이들은 죽음을 맞이할 것이 아닌가. 내 판단이 너무 성급했었던 것인가… 이게 다 짐의 경솔함이 불러온 것이다."

이때, 병사 하나가 무대에 난입하였다. 그는 황제 폐하 앞에서 무릎을 꿇더니 보고하였다.

"황제 폐하, 아이린 샤크바리 대위가 뵙기를 청합니다."
"아이린 샤크바리 대위…? 그는 제국의 성기사들 중에서도 1인자로 군림하며 영웅으로 추앙받는 존재가 아니더냐. 전쟁터에 나서지 않고 수도 레타카로 온 이유가 무엇인지 궁금하구나."
"그게… 제가 아는 대로 말씀드리자면, 아이린 샤크바리 대위는 전방이 아닌 후방에 배치된 상태입니다. 귀족들과 기사들이 공을 앞다투어 차지하기 위해 가장 방해되는 존재인 아이린 샤크바리와 다른 성기사들을 후방에 두어야 한다고 결론을 내렸고, 결국 후방으로 쫓겨나고 말았습니다. 아이린 샤크바리가 후방에 배치된 지도 벌써 2년 전, 황실에 보고가 안된 것은 윗사람들의 입막음 때문입니다. 저는 목숨을 걸고 황제 폐하께 말씀드리는 것입니다. 송구하오나 제가 한 말은 비밀로 해주십시오."

할 말을 모두 마친 병사는 다시 무대 옆편으로 빠져나갔고, 무대 옆편에 대기하고 있었던 샤크바리 역의 남성이 슬슬 입장할 태세를 보였다. 난 그 남성을 옆에서 주시하고 있었는데, 키가 190cm는 되는 것 같고, 얼굴은 매우 그럴싸하게 잘생겼고, 또한 실제 갑옷으로 중무장되어 있었다. 난 실제로 샤크바리를 본 적이 없는데, 정말 이 사람이 샤크바리라고 해도 믿을 것 같다. 그만큼 포스가 느껴졌다. 이 사람이 무대에 나서자 관중들의 "오오…" 소리가 이어졌다. 그는 황제와 일정 거리를 유지하더니 무릎을 꿇으며 황제에게 말했다.

"제국의 성기사 중 1인자, 아이린 샤크바리 대위가 카시우스 황제님을 뵈옵니다."

샤크바리의 알현 이유는 자신에게 전장을 지휘할 통솔권과 군대를 달라는 것이었다. 대강의 이야기는 아까 황제에게 비밀을 고한 병사와 거의 비슷했다. 이에 황제는 흔쾌히 응하여, 수도 레타카를 ㅈ키던 황실 기사단 중 절반의 지휘를 맡기기로 했다. 목적을 이룬 샤크바리가 슬슬 물러나기 위해 일어서는데, 그때였다. 알현실 바깥에 있었던 병사가 다시 들어오더니 말했다.

"황제 폐하, 제 2 황위 계승자 올리노프 페네시스 님과, 제 3 황위 계승자 올리노프 비스바덴 님이 뵙기를 청합니다."

이제 우리가 입장할 차례다. 난 내 옆에 서 있던 비스바덴의 손을 꽉 쥐었다. 서로 잘해보자는 의미에서 한 행동이었고, 비스바덴도 그것을 잘 알고 있었다.

"페넨 형, 우리… 실수하지 말자."
"물론."

비스바덴은 이미 자신의 중절모를 무대 옆편의 옷걸이에 걸어둔 상태였고, 우린 당당한 발걸음으로 입장했다. 마음속은 여전히 떨렸지만, 그런 티를 내려고 하지 않았다고 보는 게 맞는 것 같다. 우리가 입장하자 관중들의 환호 소리가 곳곳에서 터져 나왔다. 아무래도 황태자를 처음 봐서 신기하단 마음에 그런 것 같다. 난 샤크바리의 왼편에, 비스바덴은 샤크바리의 오른편에 섰다. 나는 주먹을 꽉 쥐며 당차게 말을 꺼냈다.

"황제 폐하, 제 1 황위 계승자인 카르자야 형도 이미 전선에 투입됐다고 들었습니다. 같은 황족으로서, 미개한 국가들에게 정의의 철퇴를 내리고 싶습니다. 저희도 아이린 샤크바리와 같이 출정시켜 주십시오!"

사실 이건 말도 안되는 얘기다. 3년 전 케덴베르크 성전 당시 내 나이는 13살, 카르자야 형은 14살이다. 현재 나이에 전쟁에 나가는 것도 우스운데… 그렇기에 이번 연극에서는 나와 비스바덴의 나이가 많게 설정이 된 상태다. 황제는 처음엔 계속해서 반대하였으나 나와 비스바덴의 투지 넘침에 결국 무릎을 꿇었다. 씬 3에서 우리는 이미 준비된 갑옷을 입었다. 황실 기사단을 이끌고 성 바깥까지 나온 샤크바리와 함께 나란히 걸으며 얘기를 주고받았다. 상대역이 정말 샤크바리 같단 느낌이 들었기에 연기에 집중이 훨씬 잘 되었다. 도중에 비스바덴의 혀 꼬임이 조금 있었긴 했지만, 애교로 봐줄 수 있는 정도였다. 우리는 씬 3을 말끔히 소화하고 전투 씬인 씬 7을 앞두고 있었다.

"흐웃! 하앗!"

무대의 배경은 전쟁터, 올리노프의 상징인 붉은 갑옷을 입은 우리 일행은 다른 세 국가, 페일로즈 왕국의 상징인 파란색 갑옷, 트라칸 공화국의 상징인 초록색 갑옷, 아인타 왕국의 상징인 흰색 갑옷을 입은 사람들과 무대에서 액션 씬을 펼쳤다. 20명은 돼 보이는 사람들이 서로 검을 맞대며 교전을 치르고 있었그, 내가 기합을 지르며 검을 희두를 때마다 하나씩 쓰러지니 참 통쾌하고도 재밌다. 내가 기세 좋게 4명가량 쓰러뜨리고 있을 때였다.

"으아앗, 페넨 형! 살려줘!"

한쪽에선 비스바덴이 대본에 충실히 따라 상대 국가의 병사들과 싸우다 검을 놓치고 그대로 붙들려 무더 옆편으로 끌려가던 중이었다.

"비스바덴! 이 녀석들…! 얼른 비스바덴을 놓지 못해!"

내가 그쪽으로 달려가서 구해주려는 액션을 취하였으나, 내 앞을 가로막는 병사들의 숫자가 상당했기에 구하는 것은 불가능했고, 그들은 천천히 뒷걸음질 치며 이 무대를 빠져나갔다. 다른 한쪽에서 병사들을 처리 중이었던 샤크바리 역 연기자가 내 쪽으로 다가오더니 물었다.

"페네시스 님, 비스바덴 님은 어디 계십니까?"
"타국의 병사들에게 잡혀갔습니다… 아마 그쪽도 비스바덴의 용모를 보아하니 보통 아이가 아님을 알고 있겠죠. 외교 교섭을 위해 죽이지 않고 잡아간 것 같습니다."

"죄송합니다, 페네시스 님… 모두 다 제 불찰입니다. 타국의 기사와
싸우던 도중이라 황태자분들의 호위에 충실하지 못했습니다."
"고개를 드세요. 샤크바리. 당신에겐 죄가 없습니다. 다만… 내 몇 없
는 동생 중 하나인 비스바덴을 구출하는 데에 힘을 보태주십시오."
"물론입니다. 황실 기사단 중에서도 정예만을 편성해 오늘 밤중에
적국의 성에 야습하겠습니다."

씬 7이 모두 끝났다. 나와 샤크바리 역 연기자를 포함한 황실 기사단
은 무대 옆편으로 빠져나왔고, 나는 안도의 한숨을 내쉬었다. 다행히
대본대로 대사를 내뱉으며 무사히 마친 듯하니, 내 기억력도 나름 쓸
만한 편인 것 같단 생각이 들었다.

"비스바덴 님, 실례하겠습니다."

앞으로 있을 씬 9의 비스바덴 구출 작전에 대비해서 한 연기자가 비
스바덴의 갑옷을 벗기더니 몸을 밧줄로 묶고 있었다. 아, 나도 씬 9에
선 갑옷 차림이 아니었던가? 그런 깨달음에 나도 붉은 갑옷을 벗었
다. 샤크바리 역 연기자는 씬 8에서도 갑옷 차림으로 출연하는지라
갑옷을 벗지 않고 있었다.

"수고 많았어, 비스바덴."

나는 밧줄에 묶여 손을 쓰지 못하는 비스바덴의 단발머리를 쓰다듬
었다. 머리카락의 찰랑거림이 그의 머릿결이 상당히 좋음을 느끼게
했다. 비스바덴이 내 행동에 헤헤거리며 웃었다.

"고마워, 페넨 형. 그나저나, 얼른 씬 10 대본이나 보자. 우리 그거 못

외웠잖아."

　비스바덴의 재촉에 난 내 바지 주머니에 있던 대본을 꺼내 들었다. 비스바덴이 좀 더 가까이 다가와 나와 같이 대본을 읽는 데 온 정신을 집중했다. 15분이 지나더니 씬 8이 어느새 끝나 있었고, 씬 9에 들어가기에 앞서 샤크바리 역 연기자가 갑옷을 벗더니 우리에게 말했다.

　"페네시스 님, 비스바덴 님. 드디어 클라이맥스군요. 준비는 되셨습니까?"
　"그, 그럼요! 하하하!"

　우리의 천진난만한 웃음에 샤크바리 역 연기자의 얼굴에 환한 웃음기가 돌았다. 그런데 솔직히 말해서 우린 준비가 안됐다. 씬 10의 대사는 정말이지 너무 어렵다. 왜 이렇게 어렵게 적어둔 걸까… 장황하기만 한 이 대사를 이제 와서 못 외웠다고 할 수도 없었다. 아… 진짜 걱정된다. 씬 9의 배경은 페일로즈 왕국의 성안 지하 고문실이다. 카즈로 감독의 지시에 따라 비스바덴이 밧줄에 묶인 채로 먼저 무대에 올라섰고, 뒤이어 파란 갑옷을 입은 병사 2명과 간부 복장 차림의 간부 하나가 비스바덴을 따라왔다. 간부가 비스바덴을 발로 차서 그를 넘어뜨리더니 병사 2명에게 당부하듯 말했다.

　"올리노프 제국에서 높은 직위를 가진 듯한 녀석이다. 이름이 비스바덴이었던가… 아까부터 정체를 물어봤으나 대답을 하지 않더군. 외교 교섭에 쓰이기 전까지 철저하게 저 녀석을 심문해서 기밀사항들을 캐내도록."
　"옛! 알겠습니다!"

　그때였다. 어디선가 단도가 날라오더니 정확히 간부의 심장을 찔렀고, 간부는 외마디 비명을 지르며 쓰러졌다. 이어서 나와 샤크바리 역 연기자가 무대로 들이닥쳤으며, 우리는 검을 휘둘러 병사를 하나씩 쓰러뜨렸다. 내가 비스바덴의 밧줄을 검으로 잘라내어 풀었다. 비스바덴이 의문에 싸인듯한 얼굴로 내게 물었다.

"페넨 형, 어떻게 여기에…"
"길게 설명할 시간 없어. 샤크바리, 얼른 여길 빠져나가죠."
"알겠습니다. 자, 이쪽으로 오시죠."

　난 비스바덴의 손을 잡아 그를 일으켜 세웠고, 샤크바리 역 연기자와 함께 무대 옆편으로 이동하려고 하는데, 갑자기 비스바덴이 신음을 내며 앞으로 쓰러졌다. 왜 그런가 하고 그쪽을 바라봤는데, 비스바덴의 등에는 단도가 꽂혀있었다. 아까 먼저 쓰러졌던 간부가 자기 심장에 꽂힌 단도를 빼서 비스바덴에게 던진 것이다.

"하, 하하… 쌤통이구만… 하하하하…"
"이 자식이!"

　샤크바리 역 연기자가 간부에게 다가가더니 검으로 몸을 수차례 찌르며 확인 사살하였다. 비록 등이지만 심장과 가까운 곳에 꽂혔다. 나는 조심스럽게 비스바덴에게 꽂힌 단도를 빼냈다. 비스바덴의 계속해서 이어지는 신음 소리가 지금 이 상황이 보통 상황이 아니라는 것임을 짐작하게 했다. 게다가, 어디선가에서 검 부딪힘 소리가 계속해서 들렸다. 소수의 황실 기사단이 고문실 바깥에서 타국의 병사들과 맞서 싸우고 있는 소리임이 틀림없다. 우선 이곳에서는 응급 처치가 불가능하며, 응급 처치 도구도 가지고 있지 않다. 얼른 이 성부터 빠져나가야 한다. 샤크바리 역 연기자가 내게 말했다.

"페네시스 님은 비스바덴 님을 데리고 고문실을 빠져나감과 동시에 우리가 개방했던 성문을 향해 뛰십시오. 황실 기사단과 저는 쫓아오는 적들을 막아내겠습니다."
"하지만… 그래선 샤크바리 당신이…!"
"전 걱정하지 마십시오. 이래 봬도 올리노프 제국의 성기사 중 1인자, 영웅입니다. 전 죽지 않습니다. 얼른 서두릅시다."

난 비스바덴을 업고는 샤크바리 역 연기자와 함께 무대 옆편으로 이동했다. 씬 9가 정말 다행스럽게도 아무 탈 없이 마무리되었다. 이제 비스바덴과 내가 가장 걱정하고 있는 씬 10만 마무리하면 우리의 연극도 이걸로 끝이다. 씬 10의 배경은 페일로즈 왕국의 성을 빠져나와 어느 잔디밭, 나는 비스바덴을 업고 무대에 등장해 무대 반대편으로 열심히 달리고 있었는데, 이때 비스바덴의 파리가 기어가는 듯한 소리가 들렸다.

"페넨… 형… 멈춰 줘."

난 비스바덴이 무슨 생각으로 말하는 것인지 몰랐기에 우선 발걸음을 멈췄다.

"무슨 소리야, 비스바덴. 얼른 우리 진영으로 돌아가야지."
"좀… 눕고 싶어… 하아…"

나는 비스바덴을 잔디밭에 내려놓았다. 나는 줄곧 달렸던 탓에 숨을 헐떡거리고 있었고, 비스바덴은 금방이라도 죽을 사람처럼 신음을 계

속해서 내고 있었다. 자, 여기서부터가 문제다. 아까도 씬 10의 대본을
봤었지만, 지금 생각나는 것은 아무것도 없다. 비스바덴도 마찬가지
일 것이다. 난 비스바덴에게 윙크 사인을 날렸다. 이에 비스바덴도 이
해했는지 내게 윙크를 날렸다. 나는 울먹거리는 목소리로 그에게 말
했다.

"왜 그래… 비스바덴… 얼른 돌아가야지. 우리 진영으로 돌아가면 그
곳엔 의무병이 있을 거라고."
"하, 하하… 그렇겠지. 하지만… 난… 이미… 늦었어…"
"너, 여기서 죽고 싶어!?"
"내가 죽으면… 페넨… 형이나… 우리 가족들… 슬퍼… 하겠지? 하, 하
하… 나, 그건… 싫은데…"

비스바덴의 명연기에 나도 덩달아 맞춰나가다 보니, 자연스레 눈가
에 눈물이 고이기 시작했다. 그것은 비스바덴도 마찬가지였다. 지금
이 상황이 너무나도 슬펐기에 대사를 내뱉어야 할 입마저도 떨리기
시작했다.

"그냥… 얼른 가자, 비스바덴. 제발 가자고. 응? 얼른 돌아가서 아버
지나 어머니, 카르자야 형, 샤이나르, 아리엔느의 얼굴도 보고 해야 할
거 아냐, 이 자식아!"
"페넨… 형… 카르 형… 한테… 전해줘. 황위… 계승… 경쟁으로… 인
해… 스트레스 준거… 미안… 하다고…"
"……"
"샤이… 에게도… 전해줘. 자기 계발… 열심히 하라고…"
"……"
"부모님… 에겐… 먼저 죽어서… 미안하다고… 해주고… 페넨… 형…

그동안… 날 좋아해 줘서… 고마… 웠…"

비스바덴의 눈이 천천히 감겼다. 말도 더는 나오지 않았다.

"흐, 흐흐흑…"

난 조용히 울었다. 한 1분간 울었을까, 난 머릿속에 떠오르는 대로 외쳤다.

"의무병! 의무병! 제발 이 애를 살려줘! 비스바덴을 살려줘! 부탁이야! 크흐흑…"

긴 절규를 끝낸 나는 열심히 눈물을 닦아냈다. 다행히도 비스바덴이 죽은 후의 대사는 기억하고 있었다. 나와 비스바덴의 애드립이 끝났다고 판단한 샤크바리 역 연기자와 소수의 황실 기사단이 무대로 난입했다.

"페네시스 님… 비스바덴 님은…"
"진영으로 귀환하죠. 비스바덴의 시신은… 제가…"
"알겠습니다. 모두! 페네시스 님을 엄호하며 조심히 앞으로 나아간다. 서두르자!"

난 또다시 비스바덴을 업었고, 그렇게 우리는 무대 옆편으로 빠져나갔다. 씬 10이 끝난 것이다. 난 무대 옆편으로 오자마자 업고 있던 비스바덴을 내렸다. 카즈로 감독이 대본을 무시한 우리를 어떻게 여길까… 굉장히 두렵다. 설마 이런 애드립을 쳤다고 해서 돈을 안 주지는 않겠지… 이런 생각을 하고 있었는데, 마침 카즈로 감독이 어디선가 나타나더니 우리에게 다가왔다. 그의 표정은, 웃는 얼굴이었다.

"이야, 정말 대단했습니다. 대다수 관중들을 울리셨더군요."
"진짜요? 진짜로 관중들이 울던가요?"

이에 옆에 서 있던 비스바덴이 카즈로 감독에게 물었다. 자기 자신도 연기에 열심히 집중했던지라 나와 똑같이 눈치채지 못하고 있었나 보다.

"진짜입니다. 그런데 왜 대본대로 행동하지 않으셨습니까? 전 그게 궁금하더군요."

이번엔 비스바덴 대신 내가 나서서 대답했다.

"그게… 너무 시적인 표현이 많아서, 외우기가 너무 어려웠어요. 대본대로 행동하지 않은 점은 죄송하게 생각해요."
"아아, 그렇군요. 어쨌든, 페네시스 님과 비스바덴 님이 등장하는 장면은 씬 10이 마지막입니다. 연극에 참가하신 대가는 지불해야겠지요. 돈에 대해선 이 무대의 마지막 장면인 씬 12가 마무리되면 그때 얘기하도록 하죠."

이렇게 연극이 잘 끝나게 된 것도 올리노프 제국의 영웅, 아이린 샤크바리처럼 생긴 샤크바리 역 연기자가 있었기에 연기에 더더욱 몰입된 덕분이다. 나는 샤크바리 역 연기자에게 다가갔고, 비스바덴도 옷걸이에 걸어뒀던 자신의 중절모를 쓰고는 내 뒤를 졸졸 따라왔다. 나는 샤크바리 역 연기자에게 말했다.

"당신 덕분에 연극을 무사히 마칠 수 있었어요. 정말 고마워요."

이에 그는 아까처럼 환한 웃음을 보여주었다. 그가 굉장히 잘 생겨서 그런지 내 마음도 절로 기분이 좋아졌다.

"그렇게 생각해주시니 정말 감사합니다."
"당신의 이름이 혹시 무엇이죠? 너무 잘생겨서 이름 정도는 알고 싶네요."
"아이린 샤크바리입니다."
"아, 아뇨. 극에서의 이름 말고요."
"아이린 샤크바리입니다."
"극에서의 이름 말고요."
"아이린 샤크바리입니다."
"… 뭐라고요?"
"아이린 샤크바리입니다."

나는 할 말을 잃었다.

/

연극의 마지막 장면인 씬 12가 마무리되자, 관중들의 기립박수가 터져 나왔다. 다 끝나자마자 무대 옆면에 숨어있었던 우리 연극단 일동이 무대에 모습을 드러내었다. 특히 비스바덴이 무대로 나왔을 대 관중들의 반응이 상당히 뜨거웠다. 나도 열심히 연기했는데, 비스바덴이 죽는 장면에서 이 애가 연기를 너무나도 잘했기에… 그럴 수 있겠거니 싶었다.

연극 일행들은 비스바덴과 나, 샤크바리를 중심으로 옹기종기 모였고, 우리는 관중들의 카메라 셔터에 맞춰 미소와 포즈를 취했다. 그렇게 3분간 얌전히 있었는데 관중들이 슬슬 해산하는 분위기여서, 비스바덴과 나는 무대 옆편으로 이동하여 카즈로 감독을 만나 연극 참여에 따른 보수를 받으려 했고, 그랬더니 카즈로 감독이 호탕하게 웃으며 말했다.

"오늘 너무나도 수고가 많으셨습니다. 페네시스 님과 비스바덴 님 몫을 준비해뒀습니다. 이 돈주머니를 받으시지요."

이… 이 액수는…! 1천 골드짜리 지폐가 상당히 많았다. 다 세어보니 25장, 비스바덴도 마찬가지인 듯하다.

"감사합니다, 정말 감사합니다!"

우리는 여러 번 인사하며 카즈로 감독에게 감사의 표시를 전했는데,

"그나저나…"

카즈로 감독이 갑자기 걱정스러운 투로 입을 열었다.

"앞으로 몸조심하시길 바랍니다. 보통 귀족도 아니고 황족이신 분들이 이곳 세릴에 있다는 게 이번 연극을 통해 확연히 드러났으니 시민들 사이에서 입소문이 퍼질 것이며, 이 소문을 들은 불순한 존재들이 황태자님들을 무력으로 제압해 납치하는 사태가 벌어질 수도 있습니다."

아무렴 어떤가, 우리가 그렇게 쉽게 납치당할 사람들도 아니고. 허약하기 그지없는 샤이나르가 좀 걱정이 되긴 하지만… 어쨌든 나는 카즈로 감독에게 마무리 인사를 했다.

"잘 알겠습니다. 조심하도록 하죠. 그럼, 앞으로도 이 세릴 연극단을 잘 이끌어주시길."
"예, 그러겠습니다."

우리는 이 광장을 떠나기 전에 무대 정리를 하고 있던 아이린 샤크바리를 불러세웠다. 올리노프 제국 성기사 중 1인자가 여기서 연극이나 하고 있다니, 아무리 평화로워도 그렇지… 우리는 어째서 샤크바리가 이곳, 세릴에 있는 건지 물었다.

"전 예전부터 세릴 소속이었습니다. 경계 근무나 민원 같은 일들은 병사들이 도맡아 하기 때문에 기사단은 전쟁이 나는 게 아닌 한 하는 일이 없죠. 그래서 저는 3개월 전부터 카즈로 감독님과 함께 케딘베르크 성전 연극을 시작하였습니다."

"그렇군요… 그런데 예전에 세릴 관청에 들렀을 땐 당신과 같은 기사는 안 보였었는데, 기사들은 어디에 머물고 있나요?"
"관청 2층에 기사단실이라고 있습니다. 보통은 그곳에 머물고 있습니다."

아아, 그렇구나… 2층에 올라간 적은 있었는데, 자세히 안 살핀 내가 문제였군. 샤크바리도 예전에 샤이나르가 인질로 붙잡혔던 사건은 전해 들어 알고 있는 듯했다. 카즈로 감독과 마찬가지로 앞으로 몸조리 잘하라고 당부했다. 관청 2층의 기사단실에 머물고 있는 거면 가끔

보고 싶을 때 찾아가도 되냐고 물어봤더니, 완전 대환영이라고 한다. 하여간, 이런 영웅을 눈앞에서 보게 되다니… 참으로 신기해서 미치겠다. 우리는 샤크바리와 작별한 후 광장을 떠나 골목길에 있었던 아까 그 시계방을 찾았다. 다행히도 금시계가 그대로 자리해 있었고, 난 1만 골드를 지불, 금시계를 손에 넣었다. 금시계를 차고 나니 굉장한 착용감에 난 또 한 번 감탄했다. 시계방을 나온 나는 뒤따라오는 비스바덴에게 자랑질을 했다.

"어때, 비스바덴. 내 금시계 멋있지?"
"페넨 형, 나 같으면 시계 싼 거 사고, 나머지 돈은 거지들한테 기부할 텐데…"
"뭐… 뭐라고?! 넌 거지가 그렇게 좋냐?"
"거지들도 엄연히 올리노프 제국의 시민이야. 난 모든 사람이 평등하게 잘 살았으면 해. 그러므로…"
"그러므로…?"
"연극을 통해 받은 내 돈들도 거지들한테 기부할 거야."

난 너무나도 놀라워서 할 말이 안 나왔다. 이 녀석, 진심인 듯한 표정을 짓더니 먼저 골목길을 나왔다. 내가 황급히 따라 나왔을 땐 이미 늦었다. 비스바덴 이 녀석은 상가 건물 앞에 앉아있는, 아까와는 다른 거지 5명에게 5천 골드씩 기부하고 있었다. 거지들은 완전 신이 나서 땅바닥에 머리를 찧으며 비스바덴의 선행에 몸 둘 바를 몰라 했다. 비스바덴은 자기가 무슨 전도사라도 되는 듯이 말했다.

"제가 도와드릴 수 있는 것은 이게 전부입니다. 이 돈을 가지고 거지 꼴을 벗어나 새로운 자신을 만들어나가십시오. 여러분들이라면 가능할 것입니다."

비스바덴의 말을 들은 거지들은 감사의 미소를 짓더니 큰돈을 들고 어디론가 가버렸다. 비스바덴… 정말 못 말리는 녀석이다. 그 돈을 자신이 가짐으로써 온갖 부귀영화를 누릴 수 있는데, 비스바덴은 그런 개념이 없는 것 같다. 있는 것들은 모조리 가난한 사람들에게 퍼주니 자신에게 남는 게 있을 리가 없다. 세이지 스승님에게 비스바덴의 이런 점을 고쳐달라고 부탁해야겠다… 고 생각하고 있었는데,

"여어, 페네시스. 비스바덴."

어느샌가 세이지 스승님이 뒤에서 불쑥 나타나 우리를 어깨동무했고, 우린 깜짝 놀란 표정으로 세이지 스승님을 주목했다. 그는 우리 가운데에서 자신이 세릴로 온 경위를 설명했다.

"워낙 늦길래 무슨 일 있나 하고 잠깐 와 봤다. 어디 있을지 짚이는 데가 없어서 우선 시계방이 있는 이 상가에 들른 건데, 우연히도 발견했군. 그나저나 왜 이렇게 늦은 거지?"

내가 찬 금시계를 확인해보니 벌써 오후 4시 30분이었다. 우리가 세릴에서 시간을 엄청나게 보냈으니, 세이지 스승님이 걱정하실 간도 했다. 우리는 금시계를 사기 위해 체스 경기장에서 도박한 것과 미술 도구를 빌려 초상화를 그린 것과 서릴 연극단에 합류하여 연극한 사실들을 빠짐없이 얘기했더니, 스승님이 하하하 웃더니 어깨동무를 풀며 말했다.

"욕심이 너무 과한 게 돈을 벌 계기를 만든 건가… 얼떨결에 서민 체험을 해버렸군. 너희는 오늘 경험으로 돈 버는 게 그리 쉽지만은 않다는 것을 배웠을 것이다. 잘 기억해두도록 해라, 서민들의 살아가는 모

습들을."

　그리고는 비스바덴에게 우편 봉투 하나, 나에게 우편 봉투 하나를 건네주었다.

　"실은 아까 잠깐 우체국에 들렀다. 내용물을 확인해보도록."
　"그럼 저부터…"

　비스바덴이 조심스레 우편 봉투를 뜯어 안에 있었던 여러 번 접혀있는 종이를 펼쳤다. 비스바덴은 그 종이를 보더니 입을 천천히 벌리기 시작했다. 굉장히 놀라워하는 표정이었다. 난 비스바덴 옆으로 가서 그 종이를 확인해봤는데, 이건… 비스바덴이 저번에 치른 중 하급마법사 시험 합격 통지서였다.

　"이야, 역시나 합격했구나! 장하다, 비스바덴."

　나는 그렇게 말하며 비스바덴의 등을 손바닥으로 툭툭 쳤는데,

　"세이지 스승님, 이거 뭔가 이상해요."

　비스바덴이 표정을 찡그리더니 종이의 한 부분을 가리키며 말했다. 이에 나와 스승님은 그 종이의 가리킨 부분을 바라보았다.

　"여기 보세요. 전 분명히 필기시험에서 한 문제 답을 못 썼거든요. 그런데 100점 처리되어 있어요… 실기는 제가 목표물을 정확히 맞췄기 때문에 100점인 건 알겠는데 말이죠… 아무래도 채점 과정에서 뭔가 에러가 있었던 게 아닐까요?"

으이구… 이 바보 같은 비스바덴아, 우리 아버지가 시험장에 찾아왔었다며?! 그 때문에 시험관들이 벌벌 떨면서 너의 시험지를 조작이라도 했겠지. 모든 시험이 100점이 되도록 말이야.

"뭐, 어쨌든 합격이니 너무 크게 신경 쓰지 말도록."

세이지 스승님이 이렇게 말하고는 있지만 이미 나처럼 눈치를 챈 모양이다. 이런 부분에 대해선 전혀 눈치가 없는 순진한 비스바덴을 잘 달래주었다. 내 우편 봉투에는 보내는 이에 올리노프 카시우스라고 적혀있는 걸 보니, 아버지가 내 편지를 읽고 직접 쓰셔서 보내신 모양이다. 그러고 보니… 카르자야 형도 아버지에게 편지를 썼었지. 세이지 스승님의 손안에 아직 하나의 우편 봉투가 더 남아있는 게 보였다.

"스승님, 이왕 주는 거 카르자야 형 거도 주세요. 제가 전달할게요."

우리는 세릴 서문을 빠져나가 별장을 향해 발걸음을 옮겼다.

/

30분 만에 별장에 도착한 우리는 각자 자기 위치로 돌아갔다. 세이지 스승님은 저녁 식사를 준비하기 위해 부엌으로 갔고, 우리는 2층으로 올라갔다. 비스바덴은 자신의 중절모를 벗고는 샤이나르가 있는 자기 방으로, 나는 카르자야 형이 있는 우리 방에 들어갔다. 내 방에는 역시나 카르자야 형이 자기 침대에 편한 자세로 누워있었고, 다행히 눈은 뜨고 있었다.

"카르자야 형, 아직도 알 배겼어? 하여튼 이거 받아. 아버지가 보내신 편지야."
"뭐라고? 아버지가?!"
"응, 받아."

카르자야 형이 상체를 일으키고는 우편 봉투를 허겁지겁 받더니 안에 있는 내용물을 꺼내 읽기 시작했다. 나도 이제 슬슬 읽어볼까. 내 침대에 앉아 우편 봉투에서 편지를 꺼내 들었다.

「나의 사랑스러운 둘째 아들 올리노프 페네시스야, 아버지는 잘 지내고 있단다. 카르자야나 샤이나르는 잘 지내고 있니? 세이지 백작이 너희를 잘 가르치고 있는지도 굉장히 궁금하구나. 최근 비스바덴이 중 하급마법사 시험을 치르는 것을 지켜보았다. 실기 시험을 관전했는데, 너무나도 좋은 성적을 내서 아버지로서 정말 대견하더구나. 너희가 수도 레타카를 떠난 지도 벌써 3개월이 다 됐다니, 시간이 빨리 지나간 것 같구나. 난 하루빨리 너희의 건강하고 씩씩한 모습을 보고 싶다. 너의 여동생인 아리엔느도 너를 못 본 지 오래돼서 현기증이 날 것 같다고 하더구나. 자칫하면 병이 생길까 두려워 언제 한번 아리엔느를 너희가 머물고 있는 별장에 보낼까 생각 중이다. 그게 언제쯤이 될진 모르겠지만, 하여튼 그리 알아두거라. 앞으로 무슨 일이 있으면 또 편지하도록 해라. 그럼 여기까지 쓰도록 하겠다.」

아버지… 저도 정말 만나고 싶다구요. 얼마나 만나고 싶었으면 안 쓰던 편지를 썼겠습니까… 얼른 6개월을 채우고 수도 레타카로 돌아가고 싶은 마음이 굴뚝같습니다. 어느새 자기 편지를 다 읽은 카르자야 형이 내게 물었다.

"페넨, 네 편지에도 아리가 이 별장에 놀러 온다고 쓰여 있냐?"
"응…"

나는 눈가가 자꾸 촉촉해지길래 눈을 계속해서 깜빡거렸는데, 캬르자야 형이 내 행동을 보더니 이를 알아챈 것 같다. 그는 입가에 미소를 지으며 말했다.

"후후, 사내자식이 울긴… 좀 더 남자다워져 봐."
"나 우는 거 아냐. 눈에 뭐가 들어가서 그래."
"어쭈, 이젠 거짓말까지 하냐?"
"진짜라니깐."
"웃기고 있네."
"캬르자야 형, 나랑 싸울래?"
"싸우긴 뭘 싸우… 아악!"

나는 자리에서 일어나 캬르자야 형을 덮치고는, 악랄한 미소를 짓다가 캬르자야 형의 알 배긴 두 허벅지를 내 양손으로 주물럭거렸다. 그랬더니 캬르자야 형이 비명을 지르는 것이 아닌가. 전력을 다해 내 몸을 주먹으로 쳐도 난 그 행동을 멈추지 않았다.

"비스바덴이 이렇게 하면 알 배긴 거 금방 풀린대!"
"그만해! 그만하라고! 아악! 아아악!"
"항복해! 항복하라고! 히히."

결국은 나의 승리로 끝났다. 나중에 캬르자야 형에게 어떤 식으로 되갚음을 당할지는 모르겠지만… 그나저나 아리엔느가 놀러 온다라, 놀러 오는 날만큼은 정말 기분 최고겠군. 오면 가장 먼저 하고 싶은 것은 아리엔느와의 키스다. 나의 가장 행복한 순간은 아리엔느와 키스할 때이다. 서로 혀를 맞닥뜨리며 타액을 교환할 때 느끼는 그 느낌, 캬아… 같은 남자라면 공감이 갈 것이다. 키스를 한 번도 해보지 못한 카르자야 형은 이 느낌을 모르겠지.

/

"와아! 세이지 스승님! 감사합니다!"

저녁 식사 시간, 까르보나라 스파게티가 나왔다. 내가 매우 좋아하는 음식 중 하나이다. 나는 후루룩하며 얼른 처리하고 카르자야 형에게 음식을 배달, 알을 배겨서 침대에서 일어나지도 못하는 카르자야 형과 샤이나르를 제외하고, 나와 비스바덴, 세이지 스승님은 1층 거실 소파에 앉아서 얘기를 주고받았다. 나와 비스바덴은 우리의 반대편 소파에 앉아있는 세이지 스승님에게 여러모로 자랑했다. 그 자랑거리는 연극 도중에 올리노프 제국의 영웅, 그것도 1인자인 아이린 샤크바리를 만났다는 것이다.

"호오… 그자가 세릴 소속인 것은 알고 있었지만, 연극에도 참여하고 있었다니… 세상이 너무 평화로워져서 그런가?"
"사실상 업무는 병사들이 다 보기 때문에, 기사들은 별로 하는 일이 없대요."

세이지 스승님의 의문에 나 대신 비스바덴이 먼저 나서서 대답했다. 이에 세이지 스승님은 매우 흥미로워하는 눈치다. 그는 계속해서 말을 이어나가기 시작했다.

"뭐, 기사나 귀족이나 일이 없는 건 매한가지지. 아랫사람들을 부려먹을 줄만 알면 되니까. 소작농들에게 자기 땅에서 농사일 시키면 그만이고. 귀족 신분인 나나 황족 신분인 너희로서는 편하고 좋지만, 시민들은 어떻겠어? 너희는 시민들의 마음을 생각해봤나?"

"괴롭고 슬플 거예요, 아마도. 저도 그래서 오늘 세릴에 있던 거지들에게 돈을 기부했어요. 잘한 일 맞죠, 스승님?"

얘기가 어느새 비스바덴과 세이지 스승님이 서로 대화를 주고받는 식으로 전개되고 있었다.

"그야 물론이지. 가진 게 많은 입장에서 가진 게 없는 사람에게 베풀며 사는 것은 지극히 정상적인 일이다. 정말 대단한 일을 했군, 비스바덴."

"헤헤, 역시 그렇죠?"

둘의 대화, 난 이해가 되지 않는다.

"페네시스도 비스바덴을 보고 배우도록. 비스바덴은 정말 훌륭한 일을 한 것이다."

"세이지 스승님…"

나는 그동안 잠자코 있었던 입을 열었다.

"세이지 스승님은 황정을 부정하는 것입니까? 윗사람이 아랫사람을 지배하고, 부려 먹는 것은 당연한 일 아닙니까? 아랫사람을 도와줄 필요가 있단 말입니까? 올리노프 제국에서 황정 체제를 부정하는 말은 해서는 안될 말 같습니다."

"음…"

세이지 스승님은 잠시 생각하더니 자신의 생각을 털어놓기 시작했다.

"옛날 같았으면 너의 말이 맞다. 그건 확실하지. 하지만 지금은 시민들도 생각이 깨어 있어. 인식이 변화한 것이다. 시민이 황제를 숭배해야 하는 것은 지당하다고 여기지만, 황제가 자신들을 억압하기만 하면 상황이 어떻게 전개되겠나? 올리노프 제국이 황정을 유지하면서 번성한 것은 맞지만, 시민들을 생각하는 정치를 하지 않으면 시민들 사이에서 폭동이 일어날지도 모르는 일이다. 생각해 봐, 지금 카시우스 황제께서 어떤 정치를 하고 있는지. 조금만 생각해봐도 답이 나온다."

세이지 스승님이 한 말은 틀린 말이 아니다. 위대하신 아버지는 자신이 왕이 되자마자 시민들을 위해 여러 개혁을 시행하셨고, 올리노프 국가는 어느 국가보다도 살기 좋은 곳이 되었다. 왕국이 제국이 된 것도 시민들이 올리노프 국가를 지지하고 있기에 가능한 것이다. 시민들을 위한 정치라… 나쁜 표현은 아니지만 왜 이렇게 걸리적거리는 것일까… 시민들을 억압하고 지배하는 게 꼭 옳은 것만은 아닌 것인가…

에이, 모르겠다. 나는 비스바덴과 세이지 스승님의 심도 있는 얘기를 들어주다 말고 먼저 2층의 내 방에 들어가 침실에 누웠다. 아직 밤도 아니지만, 이상하게 졸리다. 오늘 여러 일이 있었지. 너무 많은 행동을 해서 졸린 건가 보다. 나는 카르자야 형의 코 고는 소리 때문에 잠도 제대로 못 잤다. 결국은 밤에 별장 바깥에 나와서 혼자 검술 수련이나 하기로 했다.

"하나! 둘! 셋! 넷! 다섯! 여섯! 일곱! 여덟! 아홉! 열! 열하나! 열둘!"

카운트 하나마다 내려치기를 한 나는 오래 견디질 못했다. 오늘따라 세릴 투어를 한 결과 때문일까? 결국 다시 별장으로 들어왔다. 거실에 들렀더니, 거실에서는 비스바덴과 세이지 스승님이 끝없는 토론을 하고 있었다. 난 화장실에 들어가서 샤워를 하고 땀을 쭉 빼고 나와 다시 내 방에 들어가 잠을 청했다. 이번에는 아까와는 달리 몸의 기운을 빼서 그런지 곧장 잠자리에 들었다.

몬스터 소탕 작전

카르자야 형과 샤이나르가 알 배긴 게 풀린 다음 날 아침이었다.

"우리 몬스터나 잡으러 가자."

세이지 스승님이 아침 일찍 어디론가 나갔고, 쿨쿨 자고 있던 우리 모두를 1층 거실 소파로 불러들인 카르자야 형이 하는 소리였다. 왜 하필이면 아침에 몬스터를 잡자고 하는 거야? 우린 그 이유를 물었다.

"우리가 편히 잠자고 있을 때, 새벽에 늑대가 출몰해서 잠겨 있었던 별장 정문을 쾅쾅 두드렸다는 정보를 세이지 스승님한테서 들었다. 전 국가들이 협상해서 벌인 '몬스터 대청소' 사건 이후에도 죽지 않은 몬스터들이 산이나 숲에 숨어서 번식을 계속 진행했나본데, 이대로 두고 보다간 고급 몬스터의 출현도 일어날 수 있어. 검술 실전 경험도

쌓을 겸 몬스터 소탕이나 하자."

 "아침도 안 먹어서 배고파 뒤지겠구만… 세이지 스승님은 어디 가신 거야?"

 나는 배고파 미치겠어서 양손으로 배를 움켜쥐며 말했고,

 "음식재료 사러 세릴로 가셨다."

 카르자야 형은 알고 있는 사실을 그대로 털어놓았다. 샤이나르가 물었다.

 "저기, 카르 형하고 페넨 형은 검을 가지고 있고, 비스 형은 마법을 쓸 수 있으니까 그렇다 쳐도, 난 무기 아무것도 없는데… 어떻게 싸우란 거야?"

 샤이나르의 말 그대로다. 나와 카르자야 형은 예전에 세릴 무기점에서 대검과 장검을 사둔 바 있다. 우리의 관심 밖이었는지, 샤이나르의 무기는 살 생각도 안 하고 있었다. 자기 자신도 무기가 필요한 것인지 필요하지 않은 것인지도 모르고 말이다. 그런데 이때 카르자야 형의 툭 튀어나온 대사가 압권이었다.

 "넌 그냥 맨손으로 싸워. 맨손으로 늑대 1마리 정도는 거뜬하지?"
 "풉!"

 이에 비스바덴이 빵 터지기 시작하였고, 샤이나르가 비스바덴을 째려보며 스스로 중얼거렸다.

"칫, 비스 형도 검 제대로 못 쓰는 주제에, 게다가 마법도 초심자면
서…"

맨손으로 싸워서 이길 수 있는 몬스터가 존재할까… 아마 없을 것이
다. 결국, 오늘은 무기를 가진 나와 카르자야 형, 마법을 사용하는 비
스바덴 셋이서 몬스터들을 상대하게 될 것 같다.

「툭! 툭!」

2층 내 방에서 카르자야 형과 내 검집을 들고 1층으로 내려가던 도중
이었는데, 어딘가에서 이상한 소리가 들린다. 이게 무슨 소리지? 별장
정문 쪽에서 나는 소리인 것 같긴 한데… 우리가 정문으로 가보니 그
곳에는 어려 보이고 귀엽게 생긴 늑대 1마리가 유리문을 두들기고 있
었다. 나와 비스바덴은 싱글벙글하였다.

"와아, 귀엽다!"
"그렇지, 페넨 형!"

나하고 비스바덴이 유리문 잠금장치를 해제하고 문을 열고는 어린
늑대에게 다가가 무릎 앉아 한 뒤 같이 쓰담 쓰담 해줬다. 그랬더니
어린 늑대가 재롱을 부리는 게 아닌가. 나와 비스바덴은 그 재롱에 마
음이 흔들렸다. 이런 것도 몬스터이긴 하지만, 이렇게 귀여운데 어떻
게 죽일 수 있겠는가.

「푸슉!」

그때, 어린 늑대의 몸이 장검으로 인해 관통당했고, 어린 늑대는 우

리 옷에 피를 튀긴 채 쓰러졌다. 비스바덴은 너무나도 놀란 나머지 동공을 크게 떴고, 난 "허어!" 거리며 뒤로 자빠졌다. 이 장검은 분명 카르자야 형의 것이다. 카르자야 형이 오른발로 어린 늑대를 밟으며 검을 빼내는데, 어린 늑대의 관통당한 부위에서 피가 계속해서 분출해 나오고 있었다.

"으익!"

카르자야 형을 따라 바깥으로 나온 샤이나르도 자기 입을 손으로 가리며 깜짝 놀란 표정을 지었다. 카르자야 형이 납검을 하더니 쇼크에 빠진 우리에게 말했다.

"이 녀석도 좀 더 자라면 사나운 기세로 우리에게 덤벼들 몬스터다. 조기에 해치우는 게 가장 바람직하지."

카르자야 형, 그건 맞는 말이지만… 이 녀석은 어린 늑대였다구. 우리에게 적의 따윈 하나도 없는 녀석을 이렇게 잔인하게 죽이다니…

「아우우우우우우우우!」

… 이런, 눈치 못 채고 있었다. 호숫가 쪽에서 동료를 부르기 위해 울고 있는 보통 크기의 늑대 1마리가 포착됐다. 시간이 얼마 지나지 않아 부름에 응하듯 별장 양옆 숲 쪽에서 늑대가 조용히 모여들고 있었다. 호숫가에 있었던 늑대 1마리까지 포함해 총 7마리, 나하고 카르자야 형은 얼른 발검하였고, 비스바덴은 마법을 외칠 자세를 갖추었다. 셋이서 샤이나르를 호위하는 진형이었다.

"주, 죽을 거야… 우리는 다 죽을 거라구!"

샤이나르는 한가운데서 벌벌 떨며 겁쟁이 같은 소리나 해대고 있었다. 도움도 안되는 녀석… 자, 어디 한번 놀아보실까?! 선제공격을 가해온 것은 늑대들 쪽이었으나,

"화염의 벽!"

비스바덴이 우측에 벽을 형성하여 다가오던 늑대 3마리를 차단했고, 나와 카르자야 형은 좌측에서 덤벼드는 늑대들을 상대로 혈투를 벌였다. 정면에서 다가오던 늑대 1마리는 비스바덴의 몫이었다. "화염의 구슬!" 을 외침과 동시에 자신의 손바닥에서 작은 원 모양의 불이 튀어나와 늑대에게 그대로 작렬했고, 그 늑대는 그대로 저세상으로 가버렸다.

"으랴아아앗!"

「푸슉!」

좌로 갔다가 우로 갔다 하면서 내 대검을 피하던 늑대가 나의 재빠른 몸놀림을 이용한 일격에 얼굴을 베이고 쓰러졌다. 너무나도 잔인한 광경이었다. 하지만 그 광경에 마냥 시선을 뺏길 수는 없는 노릇이었다. 난 얼른 주위를 둘러보았다. 카르자야 형이 좌측의 늑대 2마리를 상대로 시간을 벌고 있었고, 우측의 화염의 벽이 점점 약화하면서 그동안 헤매고 있었던 늑대 3마리가 점프 공격을 시도, 샤이나르와 비스바덴을 덮치려 들었다. 나의 대검으로 3마리의 늑대를 튕겨내지 않았다면 둘 다 늑대의 이빨로 몸 전체를 신나게 뜯길 뻔했다.

"페넨 형, 얼른 마무리 지어!"

전투에 도움이 하나도 안되는 샤이나르가 나에게 황급히 소리쳤다. 우측의 늑대가 3마리라… 이 늑대들은 내 피로 물든 대검을 보고 약간 주춤하는 기색을 보이고 있었다. 자기들도 이 대검의 제물이 될지도 모른다는 생각에 겁을 집어먹은 것이겠지.

"비스바덴, 지금이다!"
"화염의 구슬!"

내가 전방을 계속해서 주시하며 비스바덴에게 마법의 주문을 외울 것을 요구하였고, 비스바덴은 이에 적극적으로 응했다. 계속해서 화염의 구슬을 날려대니 늑대가 하나둘 쓰러졌고, 마지막 하나는 디펜더 역할을 하는 내게 달려들었으나 위로 쳐올리기로 늑대를 뒤로 자빠트린 다음 얼른 달려가 내려꽂기로 마무리 지었다. 때마침 카르자야 형도 왼편의 늑대 2마리를 모두 쓰러뜨렸다.

"후우, 비스바덴. 제법인데?"
"하하, 페넨 형도 만만치 않은걸?"

비스바덴은 이젠 마법을 쓰는 게 많이 익숙해졌는지 화염의 구슬을 사용할 때 느껴지는 반동을 제어하기까지 한다. 참으로 놀랍다. 우리 형제 중에 유일하게 마법을 사용하는 비스바덴이 있었기에 이번 전투가 수월하게 마무리되었다. 그건 그렇고… 죽은 늑대들의 피 냄새는 구역질이 나도록 한다. 별장에서 어디론가 안 보이는 곳으로 시체를 옮기고 싶다. 카르자야 형이 우리에게 지시를 내렸다.

"나중에 이 늑대들 가죽 벗겨내면 돈 좀 되니까, 별장 뒤편에 시체들을 모아두자."

늑대들은 생각보다 덩치가 커서 그런지 한 사람이 들기에는 무거웠다. 나와 비스바덴이 한 조, 카르자야 형과 샤이나르가 한 조가 되어 늑대들을 하나씩 옮기기 시작했고, 마지막으로 어린 늑대를 옮기는 이는 내가 되었다.

"… 미안하다, 어린 늑대야. 명복을 비마."

나는 두 손으로 고이 들며 별장 뒤편으로 향했다. 최근에 벌칙으로 호숫가를 한 바퀴 돌 때만 해도 잘 안 보이던 몬스터가 별장 앞에 당당히 모습을 드러냈다. 이것은 '몬스터 대청소' 사건 이후 급격히 줄어들었던 몬스터들의 숫자가 크게 불어났다는 증거다. 초급 몬스터 중에 특히 늑대 같은 경우엔 사람을 적대시하여 공격하기 때문에 이를 방치해뒀다간 나중에 숲 속으로 난 인도를 따라 걷는 사람들이 피해를 당할 수 있다. 이런 몬스터는 당연히 제거해야 할 대상인 것이다. 처리했던 늑대 사체들을 모두 별장 뒤편으로 이동시킨 우리는 별장 옆에 나 있는 숲 속으로 걸어 들어갔다. 카르자야 형과 내가 풀숲을 헤쳐나가며 앞길을 텄고, 비스바덴과 샤이나르는 우리 뒤를 바짝 따라왔다. 그렇게 5분간 걸었을까, 숲 속을 빠져나오니 큰 공터가 나왔다. 누군가가 야영한 흔적도 남아있는 평범한 공터였다.

"이런 데가 있었네…"

카르자야 형이 공터를 둘러보며 중얼거리고 있는데, 갑자기 저 멀리서 녹색의 둥근 액체가 결집한 늑대만한 크기의 몬스터 하나가 숲 속에서 공터로 튀어나왔다. 저건… 분경히 초급 중에 초급 몬스터, 젤리다. 흐물흐물거리는 게 굉장히 귀엽다. 인간이 먼저 공격하지 않는 한 절대 우리에게 공격하지 않는 순한 몬스터다. 죽일 가치도 없다. 나는 카르자야 형에게 다른 곳으로 가자고 말했다.

"샤이, 네가 저 몬스터 잡아봐."

그런데 카르자야 형은 나랑 다른 생각을 하고 있었다. 전투 능력이 제로인 샤이나르에게 싸울 기회를 주고 있다. 샤이나르는 겁을 집어먹은 표정을 지으며 말했다.

"카르 형, 나… 지금껏 몬스터 1마리도 못 잡아봤다구! 내가 저 몬스터를 상대로 어떻게 이겨!?"

그렇다. 샤이나르는 저 젤리 몬스터가 무서운 것이다. 저런 것도 잡을 용기가 없다니, 몬스터에 관한 정보력이 이렇게 없을 줄이야… 나와 비스바덴은 그런 샤이나르를 향해 쿡쿡대며 웃었고, 카르자야 형은 큰 한숨을 쉬더니 평지를 자기 땅인 마냥 활보하고 있는 젤리를 손으로 가리키며 말했다.

"저 몬스터는 굉장히 약해. 네가 상대할 수도 있는 몬스터라고. 개체수는 하나, 해볼 만한 싸움이야. 페넨, 샤이나르에게 대검을 건네줘."
"쿡쿡… 아, 내 것 말이야? 샤이나르, 들 수 있겠어?"

난 웃다 말고 등 뒤에 있는 검집으로부터 대검을 꺼내곤 샤이나르에게 다가가 자기 검 손잡이 부분을 잡으라고 지시했다. 샤이나르가 검 손잡이를 부여잡고는 일으켜 세우려고 하는데, 힘이 부족해서 그런지 손이 꺾이면서 검 끝이 바닥으로 떨어졌다. 다시 일으켜 세우려 해도 또다시 제자리다. 샤이나르가 내게 신경질을 부리며 말했다.

"페넨 형, 이거 너무 무거워! 아까 이걸 어떻게 들고 싸운 거야?"
"내 대검 무게는 5kg밖에 안 하는데… 카르자야 형, 아무래도 형의 장검을 줘야 할 것 같아."

난 퉁명스럽게 대답하고는 샤이나르에게서 대검을 넘겨받았다. 내 말을 들은 카르자야 형이 그럴 수도 있겠거니 하며 발검을 하더니 샤이나르에게 장검을 전달해주었다.

"오, 이건 가볍네?"

대검보다도 긴 길이에 날카로운 칼날을 가지고 있는 예리한 장검을 한 손에 들더니 그제야 만족스러운 얼굴을 띄우는 샤이나르였다. 장검의 무게는 2kg 정도니까, 내 대검보단 다루기는 쉬울 것이다. 샤이나르는 공터를 방문한 젤리를 향해 크게 소리쳤다.

"야, 젤리! 나랑 싸우자!"

그 외침에 젤리가 걸음을 멈추더니 우리 쪽을 향해 바라보았다. (얼굴 형태는 없었지만, 왠지 모르게 우릴 바라보는 것 같았다) 그 몬스터는 샤이나르의 가는 목소리가 굉장히 신경에 거슬렸나 보다. 샤이나르를 향해 천천히 다가오고 있었다. 샤이나르는 장검을 허공에 여러 번 휘두르며 젤리에게 겁을 주려 들었으나, 젤리는 도망가기는커녕 점점 다가온다. 한 20m 정도로 가까워졌을 때, 젤리가 갑자기 높이 점프를 했다. 사람을 깔아뭉개겠다는 계산이었을까, 떨어지는 장소는 샤이나르가 서 있었던 그 위치다. 샤이나르는 갑작스러운 젤리의 행동에 겁부터 집어먹었다. 장검으로 반격도 하지 않고,

"으아아아아아아아!"

… 하면서 도망치고 있었다. 바닥에 착지한 젤리는 그런 샤이나르를 향해 빠른 속도로 꿈틀대며 움직였다. 아, 진짜 웃긴다.

"하하하하하!"

비스바덴이 그런 샤이나르를 손가락으로 가리키면서 실컷 웃어대며 자신의 수명을 늘리고 있었고,

"하아…"

카르자야 형은 다시 한 번 깊은 한숨을 쉬었다. 도망치던 샤이나르와 추격하던 젤리는 그렇게 공터를 한 바퀴 돌고 있었는데, 안쓰러운 나머지 내가 샤이나르에게 큰소리로 조언했다.

"샤이나르! 도망치지 말고 싸움을 해! 네가 충분히 이길 수 있다고!"
"하지만 이 몬스터, 너무 무섭게 쫓아온단 말이야!"
"장검으로 한번 베어보고 말해! 네가 도망만 치니까 몬스터가 걸 우습게 보는 거야!"
"… 칫!"

내 말에 샤이나르가 뜀박질을 멈추더니 순간적으로 뒤를 돌아보고는 검을 우상에서 좌하로 내려쳤다. 칼날은 어김없이 젤리를 대각선으

로 파고들어 순식간에 2등분했다. 젤리는 몸이 정지되었고, 샤이나르
는 이에 안심했는지 젤리를 향해 비웃으며 자신의 승리를 선언했다.

"훗, 어떠냐, 젤리야! 제 4 황위 계승자 샤이나르의 검술 실력이!"

그런데 그때였다. 죽은 줄로만 알았던 젤리의 2등분된 몸이 꿈틀대더
니 슬금슬금 움직여 합체하고 있었고, 그 광경을 지켜보는 샤이나르,

"으아아아아아아! 역시 무서워!"

그는 비명을 지르며 다시 전력을 다해 도망쳤고, 몸을 재생시킨 젤
리는 또다시 샤이나르를 추격하기 시작했다. 정말 안타까운 상황이
군… 도와줄까 하는 생각에 내 검집에서 대검을 다시 빼내 들고 있었
는데, 카르자야 형이 손바닥으로 내 몸을 저지하며 말했다.

"지금은 샤이를 도와주지 않고 지켜봐야 할 때야. 저 녀석 스스로 몬
스터를 해치울 마음을 품도록 해야 해."

어라, 카르자야 형답지 않은 판단… 도망치는 샤이나르와 젤리의 거
리가 가까워져 가고 있었는데, 젤리가 또다시 점프를 시도했다. 젤리
의 판단은 정말 옳았고, 샤이나르는 그대로 앞으로 넘어지며 깔아뭉
개졌다. 그 충격으로 인해 들고 있던 장검도 손에서 벗어났다. 이대로
끝인가 싶었다.

"끄아악!"

샤이나르가 지금 당장에라도 죽을 것 같아 보이는 괴로운 신음을 냈

다. 젤리가 인간을 살상할 수준의 능력은 갖추고 있지는 않지만, 왜 이렇게 도와주고 싶지? 샤이나르는 젤리에 의해 완전히 깔려있어서 더는 움직일 수 없는 처지다. 저대로라면 점심이 되어도, 저녁이 되어도, 내일이 지나도, 모레가 지나도, 1주일이 지나도 그대로 깔아뭉개진 채로 굶어 죽고 말 것이다.

그런데 그때였다. 내가 시력이 좋아서 그런지 샤이나르의 조그마한 행동이 누구보다도 먼저 눈에 들어왔다. 그의 입이 바삐 움직이고 있었는데… 그렇다. 샤이나르는 젤리를 먹고 있었다. 보통 크기였던 젤리가 점점 줄어들고 있었고, 샤이나르는 먹보마냥 계속해서 젤리를 먹어버렸다. 젤리의 크기가 절반으로 줄자 무게도 점차 줄어들어 샤이나르는 일어날 수 있었고, 떨어져 있던 장검을 들더니 젤리를 도륙했다. 샤이나르의 승리였다.

"하아… 하아… 어떠냐, 젤리야! 이 샤이나르 님의 첫 번째 제물이 된 소감이! 그건 그렇고, 좀 맛있구만!"

비스바덴은 이미 웃음 바이러스가 온몸에 퍼진 듯 신나게 웃고 있었고, 나와 카르자야 형은 샤이나르의 센스있는 행동에 한편으론 놀라워하면서도, 몬스터인 젤리를 생으로 먹어치운 샤이나르의 몸 상태가 걱정되었다. 샤이나르가 당당하게 걸어와 장검의 주인인 카르자야 형에게 무기를 돌려주었다.

우리가 승리감에 도취되어 공터에 앉아 쉬면서 얘기를 하고 있을 때였다. 다들 배고프다며 얼른 별장으로 돌아가고 싶어 하는 분위기였지만, 카르자야 형은 몬스터를 좀 더 잡고 싶어하는 모양이었다. 리더이기도 한 그는 우리의 의견을 단숨에 기각하였다.

"뭐야, 이 지진은?"

카르자야 형이 이상 현상에 놀라더니 말을 내뱉었다. 계속해서 땅이 약간씩 흔들리고 있어서 우리는 지진이 아닌가 생각하고 있었는데, 갑자기 어디선가 큰 물체가 다가오는 소리가 들려 우린 자리에서 일어났다. 설마 몬스터일까? 때마침 공터 저쪽으로부터 물체가 숲 속을 헤치고 모습을 드러냈는데, 3m를 살짝 넘을 것 같은 키를 가진 크기에 무게 좀 나가 보이는 흙인형이었다. 언뜻 보기엔 사람의 형상을 닮은 이 흙인형은 공터 한가운데에서 버티고 서 있는 우리를 포착하자 갑자기 우리 쪽으로 천천히 걸어오고 있었다. 설마 싸우자는 의미일까?

"중급 몬스터…"

카르자야 형의 간단명료한 설명이 불충분했는지 비스바덴이 전투 태세를 하며 설명했다.

"저런 흙인형들은 보통 마법사가 소환하는 몬스터인데, 소환한 뒤에 버려진 모양이야. 무게를 실어 공격하기 때문에 한방 한방이 강력하지. 우리는 아직 중급 몬스터와 싸울 실력이 못 되는데… 도망치려면 지금 해도 늦지 않아. 카르 형, 어떻게 할 거야?"
"싸운다. 이겨 보이고 말겠어."

카르자야 형이 진지한 어투로 말하는 게 농담 따먹기를 하는 것 같진 않았다. 오히려 이런 스릴 넘치는 순간을 기다려 왔다는 듯한 모습이다. 그래도 중급 몬스터인데… 카르자야 형을 따라 발검을 했지만 난 혹시나 하는 차원에서 전투 대열에서 뒤쪽에 있던 샤이나르에게 소리쳤다.

"샤이나르, 지금쯤이면 세이지 스승님이 별장에 도착하셨을 거야.
모시고 와!"
"알았어! 형들, 다치지 말고… 살아남아야 해!"

샤이나르가 황급히 뒤쪽 숲길로 빠져나가고, 3대 1 대결의 막이 올랐
다. 카르자야 형이 흙인형을 계속해서 주시하면서 우리에게 지시했다.

"비스, 너는 계속해서 거리를 두면서 공격 마법을 사용해. 나와 페넨
은 양쪽에서 공격하면서 주의를 끌겠어!"
"OK!"

나와 카르자야 형은 곧바로 흙인형의 좌우로 이동한 뒤 공격을 개시
했다. 근데 이 흙인형, 생각보다 날렵하다. 흙인형의 팔 공격을 간신히
피한 나는 순간 식겁했다. 저 두꺼운 팔에 한 대를 제대로 맞았으면
어디까지 날아갈지 상상이 안된다. 흙인형이 카르자야 형을 신경 쓰
고 있을 때, 내가 얼른 달려들어 흙인형의 왼팔 손목 부분을 베었는데,
마치 사람의 손목인 것처럼 쉽게 베어졌다. 성공했다, 이제 한쪽 팔만
남았구나 생각하고 있었는데, 잘린 손목 부분에서 흙이 재생성되면서
다시 원래의 모습을 유지했다. 이게 대체 뭔 경우다냐, 이 중급 몬스터
는 무적인가? 비스바덴이 저 멀리서 화염의 구슬을 사용하며 우리에
게 말했다.

"처음에 흙인형에게 공급된 마법사의 마나량이 몸을 스스로 재생시
킬 수 있도록 하는 걸 거야. 마나는 사용하면 사용할수록 줄어들어. 몸
이 재생된다고 겁먹지 말고 계속해서 녀석의 팔을 잘라!"

그런데 이 몬스터, 맷집이 상당하다. 비스바덴의 화염의 구슬을 다섯 방이나 맞고도 아픈 티를 내지 않는다. 그래도 다행인 것은 계속해서 흙인형의 팔을 자르고 있다는 점이다. 카르자야 형이 시선을 끌면 내가, 내가 시선을 끌면 카르자야 형이 흙인형의 팔을 자르니 녀석의 재생력이 점점 떨어지고 있는 게 느껴졌다. 마지막으로 내가 녀석의 왼팔을 잘랐더니, 더는 몸이 재생되지 않았다. 드디어 녀석의 마나가 다 떨어진 건가? 그때였다.

"페넨, 피해!"

카르자야 형의 외침이 뒤늦게 들렸다. 왼팔은 다 잘랐으니 왼 다리를 잘라야겠다는 생각을 하던 나는 흙인형이 내게 몸을 돌려 오른팔을 날리는 것을 전혀 신경 쓰지 못했다. 그 탓에 난 그 오른팔에 복부를 강타당했고, 그 타격에 내 몸이 공중에 살짝 뜨며 뒤로 쭉 밀려 나무에 등을 부딪쳤다. 으아, 엄청나게 아프다… 얼마나 아팠냐면 난 괜찮다고 말을 해야 하는데 그 말이 입에서 나오지 않을 정도였다. 복부를 손으로 감싸 쥐며 통증을 간접적으로 호소했다. 흙인형이 나를 쓰러뜨리니 그다음으로 노리는 것은 카르자야 형이었다. 카르자야 형은 흙인형이 자기만을 바라보며 전투를 수행하니 오른팔을 자를 기회가 주어지지 않았다. 흙인형이 한쪽 팔로만 공격을 하였기 때문에 피하는 것은 어려워 보이지 않는데, 이대로 흘러간다면 전투가 끝나지 않을 것이 분명하다.

결국, 내가 어떻게든 일어서서 저 몬스터에게 다가가 급소를 노려야 한다. 그렇다면 대세는 순식간에 반전될 것이다. 난 자리에서 천천히 일어섰다. 검을 땅바닥에 지팡이 짚듯이 대면서 복부에 받은 통증이 사라지길 기다렸으나, 도무지 사라지려 들지 않는다. 그럼 어떻게 해야 할까, 답은 하나였다. 이 통증을 즐겨야 한다. 그렇다면 아픔은 점점 느껴지지 않을 것이고, 난 전투 대열에 다시 합류할 수 있을 것이다.

"하아아아아앗!"

난 검 끝을 흙인형 방향으로 고정한 후 전속력으로 달려갔다. 나의 외침에 흙인형이 카르자야 형을 상대하다 말고 나를 쳐다보기 시작했다. 하지만 이미 늦었다. 나의 대검은 정확히 흙인형의 왼 다리를 파고들었고, 왼 다리가 마치 스테이크처럼 부드럽게 잘려나갔다. 이에 균형을 잃은 흙인형이 뒤로 넘어졌다. 비스바덴은 마법 사용을 중단하고, 나와 카르자야 형은 마무리 작업을 하였다. 카르자야 형은 마저 남은 오른팔을 자르고, 나는 흙인형의 심장에 대검을 꽂았다. 그랬더니 흙인형의 몸체가 모래가 되어 바람을 따라 저 멀리 날아가 버렸다. 우리의 승리였다.

"페넨, 괜찮아?"

카르자야 형이 아까 내가 흙인형에게 정통으로 맞은 걸 떠올리며 말했고, 나는 여전히 한 손으로 배를 감싸 쥐며 내 상태에 관해 설명했다.

"으으… 견딜 만은 한데… 아직도 너무 아프네. 그래도 부축받을 정도는 아니야."

우리는 가까이 모여 서로를 바라보며 오른 손바닥을 모았다. 그러고는 다 같이 손바닥을 위로 들며 외쳤다.

"올리노프 가문에 영광이 있으리!"

세이지 스승님이 샤이나르를 따라 공터로 온 것은 이때쯤이었다. 무슨 흙인형이 나타났다는 말만 들은 스승님은 검 하나를 챙겨왔는데, 이미 모든 것이 끝난 상태… 우리 셋이서 흙인형을 처치했다는 말은 들은 스승님은 놀라운 표정을 감추질 못했다.

"대단하군. 그동안 꾸준히 검술 수련과 마법 수련을 받은 결과다. 너희도 잘 알고 있겠지?"

우리 일행은 여유롭게 별장으로 돌아왔다. 아침도 안 먹었더니 너무나도 배고파서 미칠 지경이다. 세이지 스승님이 음식 재료를 제외하고 사 온 게 하나 더 있었는데, 바로 피자였다. 그동안 수련들을 열심히 해왔기 때문에 이에 대한 대가로 준비했다고 한다. 이에 우리의 눈은 번쩍 번쩍거렸다.

피자는 수도 레타카에 있을 때나 먹었던 사치스러운 식사였기에, 설마 여기서 피자를 먹게 될 줄은 몰랐다. 피자는 8조각이었는데, 카르자야 형, 나, 비스바덴, 샤이나르가 2조각씩 먹게 된다면 세이지 스승님이 먹을 게 없었기 때문에 내 1조각은 세이지 스승님에게 양보했다. 더불어 비스바덴도 같이다. 우리는 피자를 먹으며 원기를 충천했고, 다 같이 소파에 앉았다. 우리는 오늘 있었던 우리의 영웅담(?)을 세이지 스승님에게 설명해가면서 재밌게 수다를 떨었다.

「똑똑」

그때, 현관문 쪽에서 누군가가 노크를 하는 소리가 들렸다. 누구지, 외부인인가? 나는 현관문 쪽으로 걸어갔다.

홍일점 황녀

현관문으로 다가간 나는, 유리문 앞에 서 있는 한 소녀의 모습을 보곤 몸이 일시적으로 정지되었다. 너무도 놀라웠다. 그 소녀는 유리문을 사이에 둔 나를 보고는 밝은 표정을 지으며 반갑다는 듯이 손을 흔들었다. 올리노프 아리엔느, 예전에도 언급한 적이 있었지만 위대하신 아버지의 다섯째, 유일한 딸이다. 허리까지 흘러내리는 금발 긴 생머리에, 신분이 귀족 이상이라고 여겨지게 하는 아름다운 하얀 미니드레스, 예쁘다는 표현이 가장 어울리는 얼굴을 가졌고, 등 뒤로 가방하나를 메고 있었다. 전체적인 차림새를 보아하니 마치 하나의 천사를 보는 것 같았다. 위대하신 아버지께서 아리엔느를 이 별장으로 보내겠다고 편지를 쓴 지 4일은 된 것 같은데, 설마 오늘 올 줄은 꿈에도 생각을 못 하고 있었다.

"아, 아리엔느!"

나도 반갑게 손을 흔들며 간단한 인사를 하고는 유리문 잠금장치를
해제하고 문을 열었다. 내 목소리에 거실 소파에 앉아있던 인원들도
따라 나왔다. 솔직히 말하면 너무 사랑스러워서 확 안아버리고 싶었
지만, 처음부터 그러면 너무나도 엉큼하게 보일까봐 가볍게 손을 잡
고 악수를 했다.

"페네시스 오라버니. 올리노프 아리엔느, 너무나도 보고 싶어서 찾
아왔습니다."

"잘 왔어, 우리 별장에. 간단하게 소개할게. 이쪽에 계신 분이 네트라
세이지 백작님이셔. 우리가 수련하는 것을 도와주고 계시지."

"어머, 안녕하세요. 백작님과는 처음 뵙네요."

아리엔느는 세이지 스승님에게 꾸벅 인사를 했다. 스승님이 웃는 얼
굴로 가볍게 인사를 받아주고 나니 그녀의 눈길은 다른 황위 계승자
들을 향했다.

"오라버니들, 3개월 만에 만나서 정말 반갑네요. 후후…"

비스바덴과 샤이나르도 반갑다는 의미로 번갈아가며 아리엔느와
악수를 하는데, 유독 카르자야 형만은 고개를 다른 쪽으로 돌리며 얼
굴을 붉히고 있었다. 화장도 해서 그런지 더욱 예뻐진 아리엔느가 부
담스러워 쳐다볼 수도 없었나 보다.

"카르자야 오라버니, 왜 절 쳐다보지 않으세요?"

카르자야 형이 아리엔느 자신을 좋아한다는 마음을 하나도 모르는
아리엔느였다. 자길 안 쳐다보는 게 혹시라도 자신이 실수해서 미움
을 산 게 아닌가 하는 생각에 아리엔느의 표정이 굳어졌다. 카르자야

형은 아리엔느의 물음에 갑자기 당황스러워하며 조심스럽게 말했다.

"아, 아니… 아리가 모, 못 본 사이에… 많이 성숙해졌구나… 해서…"
"제가요?"
"응? 아, 아냐… 아냐, 아냐. 못 들은 걸로 해줘. 내가 널… 일부러 안 쳐다보는 게 아니라…"
"그럼요?"
"그, 그게… 뭐라고 해야 할까…"

어휴, 카르자야 형의 단점은 이성을 상대로 너무나도 긴장한다는 것이다. 그것도 자기 자신이 사랑하는 아리엔느가 상대이니, 그 마음을 모르는 것은 아니지만, 너무나도 답답하다. 난 카르자야 형 대신 대강 둘러댔다.

"카르자야 형은 원래 이성한테 자기 마음을 잘 못 표현하고 부끄러워해. 네가 이해해줘."
"아… 카르자야 오라버니는 예전부터 그러셨으니 이해는 하지딴, 눈을 마주치는 것 정도는 해주셨으면 해요. 알겠죠, 오라버니?"
"아, 그래…"

대화가 이 정도까지 진행되었음에도 여전히 시선을 마주치지 않는 카르자야 형이었다. 어쨌든 우리는 거실 소파로 그녀를 인도했다. 우리가 3개월 전에 이 별장에 처음 오고 나서 두 번째로 소파에 모든 인원이 앉게 되었다. 당연한 소리지만, 나와 가장 친한 아리엔느는 내 옆자리에 재빨리 다가와 앉았다. 카르자야 형은 여전히 아리엔느를 못 쳐다보고 있는 상황, 나와 아리엔느의 반대편에 앉아있는 세이지 스승님이 아리엔느에게 이것저것 물어보기 시작했다.

"그래, 우리 일행이 3개월 전에 이곳으로 온 뒤 수도 레타카에서는 무슨 일이 있었지?"

"전 국정을 맡을 나이가 아니어서 자세한 것들은 잘 모르지만, 이런 일이 있었어요. 황제 암살 기도 사건이…"

"뭐라고?! 그게 사실이야?"

놀라야 할 부분인 것은 맞지만, 비스바덴은 굉장히 오버하며 사실 여부를 물었다.

"네, 사실이에요. 저도 들은 얘기인데요. 어느 날 야밤에 황궁으로 1명의 암살자가 침입해 들어왔었어요. 그는 잠입 도중에 쓰러뜨린 병사의 갑옷으로 갈아입고 보고를 하는 척 아버님이 계신 침실에 잠입하는 데 성공했어요. 아버님이 이런 암살 기도를 대비해 예전부터 미리 단검을 이불 속에 숨겨놨었는데, 그런 대비가 없었더라면 정말 큰일 날 뻔했죠. 둘은 침실에서 단검들로 사투를 벌이다 이 싸우는 소리를 들은 올리노프 제국의 병사들이 난입하는 바람에 아버님은 무사하셨고, 암살자는 창문을 통해 도망쳤어요."

이에 샤이나르가 가슴을 쓸어내리며 말했다.

"와아… 진짜 큰일 날 뻔 하셨네."

"아버님이 즉시 경계령을 선포하셨으나 결국 그 암살자를 찾진 못했어요. 그래도 싸우던 도중 그 암살자의 얼굴을 보셨기에, 화가를 불러 기억나는 대로 그 암살자의 얼굴을 설명하시어 초상화를 그리게 한 다음, 수도 레타카 주위 도시에 암살자의 초상화를 뿌리셨답니다. 하지만 1개월이 지난 지금도 그를 찾질 못했어요."

"아무래도 적국이 고용한 암살자겠지? 제국의 황제를 노리다니… 간이 너무나도 큰걸?"

아리엔느가 내 물음에 곧장 답변해주었다.

"이 스마즈오르 대륙에서 2번째로 강성한 동쪽의 페일로즈 왕국이 보낸 암살자가 아닌가 하는 추측이 나돌고는 있지만, 페일로즈 왕국이 강력히 부인하고 있는 게 현실이고, 진실은 그 암살자가 도망침으로써 알 수 없게 되었죠. 어떤 국가가 음모를 꾸몄는지 알기만 한다면 또다시 예전처럼 전쟁이 벌어질 걸요?"

그렇다… 케딘베르크 성전이 3년 전에 마무리가 되었고, 현재는 모든 국가가 올리노프 제국을 향해 조공하는 게 현실이지만, 언제까지나 조공하고 싶지 않은 것이 타 국가들의 생각이다. 황제인 우리 아버지를 암살해 올리노프 제국을 초상집으로 만들려는 생각이었겠지. 아버지는 이런 일이 있었음에도 중 하급마법사 시험을 보러 레타카로 온 비스바덴에게 아무 말도 하지 않았고, 카르자야 형과 내가 편지를 보내고 나서 돌아온 답장에도 이런 일은 알리지 않았다. 아버지는 대체 무슨 생각으로 우리에게 그런 편지를 쓰신 걸까… 우리가 아버지를 걱정하는 마음이 앞서 수련을 제대로 못 하게 될지도 모르는 그런 상황을 염두에 두셨던 걸까?

"알 수 없네… 아버지의 마음은."

비스바덴이 고개를 약간 숙이며 그렇게 중얼거렸고,

"레타카에서 그런 일이 있었군… 하마터면 정말 큰일 날 뻔했다. 아버지가 돌아가셨다면 우리 중에 한 명이 황제가 되어야 하는데, 어린 나이에 국정을 어떻게 이끌겠어? 올리노프 제국은 혼란에 휩싸였을 거야."

카르자야 형이 그렇게 자기 생각을 표현하였다.

"그 말이 정답이다. 어쩌면 귀족정으로 정치 체제가 바뀌어서 나와 같은 백작 귀족들이 정치에 적극적으로 참여하게 됐을지도 모르지."

세이지 스승님도 그런 카르자야 형의 말에 동의하였고, 아리엔느는 하던 말을 계속하였다.
"아, 그리고 카르자야 오라버니, 뒤늦게나마 생일 축하드려요. 생일에 이 별장으로 오고 싶었지만, 아버지의 반대가 거세셔서 그러질 못했어요."
"아, 그래… 난 괜찮아."

카르자야 형은 여전히 아르엔느에게는 시선을 두지 않은 채로 말했다.

"그건 그렇고, 아리엔느. 너 언제까지 이 별장에 머무를 수 있어?"

난 가장 궁금했던 사항을 지금껏 참고 참다가 드디어 아리엔느에게 말했다.

"으음… 우선 1주일 정도는 있어도 된다고 아버님께 허락을 받았어요."

얏호! 1주일이라… 꿈에도 그리던 아리엔느와의 데이트가 또다시 시작되는 건가! 난 너무나도 기쁜 마음에 이미 입꼬리가 올라간 상태였다. 세이지 스승님이 말했다.

"아리엔느, 혹시 요리 솜씨는 어떤가? 실력이 괜찮다면 나 대신 요리를 해줬으면 하는데…"
"저는 황궁 요리사분들이 해주는 음식만 먹고 살아서 요리는 해본 적이 없어요. 하지만 배워보고 싶네요. 저에게 요리를 알려주신다면 한번 해 보이겠습니다, 백작님."

별장에 온 이후로부터 항상 부엌에서 요리를 담당했던 세이지 스승님이 이젠 귀찮다는 듯 아리엔느에게 떠넘기려 하는 모양이다. 아리엔느와 세이지 스승님이 요리에 관해 이야기하기 위해 소파에서 일어나 부엌 쪽으로 갔고, 비스카덴과 샤이나르는 자기 방으로 이동했으며, 나와 카르자야 형은 그대로 앉아서 아리엔느가 요리를 잘 배우고 있나 동태를 살피기 시작했다.

"페넨."

시간이 좀 흐른 뒤, 카르자야 형이 갑자기 반대편 소파에 앉은 날 불렀다.

"왜? 카르자야 형."
"전에도 말했지만, 아리엔느는 내 것이다. 건들지 마."
"하하, 그건 싫은걸? 어디 한번 해볼 테면 해봐. 그래도 결과는 안 바뀌겠지만."

나와 카르자야 형의 치열한 신경전이 시작되었다.

아리엔느는 레타카에서 가장 아름답기로 소문난 여자아이다. 아직 13살임에도 불구하고 2차 성징이 일찍 찾아와 몸매 라인이 기가 막혔으며, 그러한 황녀를 황실 기사단이 호위하는 가운데 레타카의 길거리를 행차하고 있는데, 길거리에서 구경하는 시민들치고 모두 아리엔느의 미모를 보고 반하지 않는 이가 없었다. 심지어는 여자들마저도 반한다. 같은 여자라면 질투를 할 법도 한데 말이다. 그런 아리엔느를 카르자야 형과 내가 좋아한다. 아니, 사랑한다. 유전자 문제로 인해 가끔 기형아가 태어나는 경우도 있으나 친족끼리의 결혼은 권력 유지를 위해 필수불가결하다. 다른 귀족들과 결혼을 하는 경우도 있지만, 그렇게 되면 해당 귀족 가문의 권력이 높아지므로 나중에 후계자 싸움에서 골치만 아파진다.

비스바덴과 샤이나르는 아리엔느를 사랑하진 않는다. 물론 절세가인인 그녀가 마음에 들지 않는 건 아니다. 하지만 그 둘은 카르자야 형과 내가 그녀를 사랑하고 있음을 알고 있었고, 굳이 우리의 경쟁자가 되려고 하지 않는 것뿐이다. 그러므로 또 다른 귀족 자제들이 아리엔느를 자기의 배우자로 노리지 않는 이상 내 적수는 카르자야 형뿐이다. 하지만 카르자야 형은 아리엔느에게 말도 제대로 붙이지 못하는 처지, 그러므로 아리엔느를 차지할 사람은 바로 나란 것이다.

부엌 쪽에서 아리엔느가 세이지 스승님의 말에 따라 요리 도구를 이리저리 손보는 모습이 되게 귀엽게 느껴진다. 아침을 늦게 먹은 탓에 배가 그렇게 고픈 건 아니었지만, 지금껏 황궁 요리사들과 세이지 스승님이 해주는 음식만 먹었던 나로서는 아리엔느가 만드는 음식 맛이 굉장히 기대된다. 너무나도 신난 나머지 발을 계속해서 까딱거렸다.

아, 드디어 다 된 모양이다. 부엌으로부터 거실로 풍기는 이 냄새는…
아무래도 카레인 것 같다.

"점심시간이다!"

세이지 스승님의 외침이 아마 2층에 있는 비스바덴과 샤이나르트에게
잘 전달되었을 거라 생각된다. 나는 노래를 흥얼거리며, 카르자야 형
은 긴장되는 얼굴을 하며 부엌 식탁으로 이동했다. 식탁에는 이미 냄
비에 6인분으로 추정되는 카레가 가운데에 자리를 차지하고 있었으
며, 앉는 의자 앞마다 개인 접시와 포크, 숟가락이 있었다. 나는 아무
자리에나 앉았고, 카르자야 형은 나와 반대편 자리에 앉고선 아리엔
느의 움직임을 살폈다. 카르자야 형은 아무래도 자기 옆에 아리엔느
가 앉아줬으면 하는 마음이 굴뚝같겠지. 하지만 아리엔느는 내 옆자
리에 앉았다. 난 씨익 웃었고, 내 표정을 본 카르자야 형의 얼굴이 순
식간에 굳어졌다.

"와아, 맛있겠다. 이거 다 아리엔느가 만든 거야?"
"정말 맛있어 보인다…"

2층에서 내려온 비스바덴과 샤이나르가 카레를 보더니 탄성을 질렀
고, 아리엔느는 흐뭇한 미소로 우리에게 말했다.

"당근이나 감자 같은 것들을 깍둑썰기 하는 건 백작님이 해주셨어
요. 처음 만들어 본 요리지만… 다들 갓있게 드셔주세요."

잘 먹겠습니다~ 나는 숟가락을 활용하여 밥과 카레를 적당히 비볐
다. 그러고 나서 한입 베어 물었는데,

"……"

　나는 순간 할 말을 잃었다. 도대체 어떤 식감이길래 이러냐면, 이건 카레의 형상을 하고 있긴 하지만 카레가 아니다. 우리 같은 황족이 아닌, 문명 발달이 미개한 원주민들이 먹는 음식 같은 느낌이다. 뒤따라 카레를 먹은 비스바덴과 샤이나르의 표정도 좋지 않다. 식탁 의자가 5개밖에 없었던지라 거실에서 외로이 카레를 먹던 세이지 스승님은 벌써 화장실로 직행하셨다. 그런데 아리엔느가 카레밥을 먹다 말고 쭉 나를 바라보고 있었다.

"어때요, 페네시스 오라버니?"
"마, 맛있네. 하하하…"

　난 내 본심을 숨긴 채 아리엔느에게 그런 식사 평을 남겼다. 지금 당장에라도 구역질이 날 것 같은 나는 세이지 스승님이 화장실에서 나오기만을 기다렸다. 난 그러는 동안 카르자야 형의 얼굴을 계속해서 살폈는데, 맛있어서 먹는 건지, 아니면 아리엔느가 만든 음식이라 그런지 꾸역꾸역 잘 먹고 있다. 정말 대단한걸?

"우읍!"

　음식 역류 현상이 일어난 건지, 아니면 배가 아픈 건지, 샤이나르가 갑자기 먹다 말고 화장실 문 앞으로 달려갔다. 비스바덴도 샤이나르가 움직이니 덩달아 뒤따라갔다. 둘은 화장실 문을 세게 두들기며 얼른 세이지 스승님이 나오기만을 기다리고 있었다. 이 녀석들아, 아리엔느가 모처럼 만든 음식인데 최대한 나처럼 티는 내지 말아야 할 것 아니냐?!

"오라버니들이 왜 저러시지…?"

정작 다행인 건 이런 음식을 만든 아리엔느는 자기 음식이 맛없다는 생각을 못 하고 있는 것 같다. 그래서 그런지 비스바덴이나 샤이나르의 행동이 이해가 안되는 모양이다.

"카르자야 오라버니, 맛있으세요?"
"그래, 정말 맛있어. 역시 아리가 허준 음식은 뭔가 달라."

여전히 아리엔느에게는 시선을 고정하지 못하고 음식만 계속해서 흡입하는 카르자야 형이었다. 카르자야 형이 자기 음식을 잘 먹어주고 있다는 것에 감격한 아리엔느는 천사와 같은 미소를 선보이며 말했다.

"정말 다행이네요. 후훗."

그건 그렇고, 나도 슬슬 신호가 온다. 화장실로 가야겠는데… 그때, 화장실 안에서 아리엔느가 듣지 말아야 할 소리가 울려 퍼졌다.

"우에에에에에에에엑!"

세이지 스승님이 화장실에서 거하게 토를 하신 모양이다.

"얼른 문 좀 열어주세요. 세이지 스승님!"
"스승님! 제발요! 다신 안 ㄲ불게요!"

비스바덴과 샤이나르가 번갈아가며 화장실 문에 대고 소리쳤다. 이

런 모습들을 눈여겨보더니 슬슬 감이 오는 아리엔느,

 "……"

 아리엔느, 날 그렇게 쳐다봐서 어쩌려구… 내 식사 평을 다시 듣고
싶은 건가?

 "아리엔느, 너의 음식은…"
 "제가 만든 음식이… 혹시 맛이 없나요?"
 "아니, 그건 아니야. 음식에 쓴 재료에 문제가 있는 걸까? 유통기한
이 지난 것들일지도 몰라. 한번 확인해볼까?"
 "네."

 우린 냉장고를 열어 오늘 세이지 스승님이 사 오신 재료들을 일일이
확인해봤는데, 유통기한이 지나기는커녕 매우 신선하다. 아리엔느는
의문을 품기 시작했다.

 "유통기한이 문제가 아닌 것 같은데… 페네시스 오라버니, 제 음식
정말로 맛있어요?"
 "암, 맛있고 말… 우에에에에에엑!"

 갑자기 내 몸속에서 역류해 올라온 음식물들이 내 입 바깥으로 쏟아
져 나왔다. 쏟아져 나온 것들은 냉장고 앞바닥을 가득 메웠다.

 "페네시스 오라버니! 괜찮으세요!?"

 내가 걱정됐는지 식탁 자리에서 밥 먹다 말고 일어나더니 내 쪽으로

다가와 내 등을 손바닥으로 두들겨주는 카르자야 형,

"역시… 제 음식이 맛이 없는 거죠? 그렇죠? 흐흑…"

아리엔느가 금방이라도 울 것만 같은 얼굴을 한 채 현관문 쪽으로 뛰쳐나갔다.

"우에에에에에에에에에에에에에에에에에에에에엑!"

카르자야 형은 내 등을 두들겨주다 나보다 2배 이상의 음식물들을 토해냈다. 역시 카르자야 형도 억지로 먹고 있었구나… 아리엔느가 나갈 때까지 잘 참아줬어, 카르자야 형. 이윽고 화장실에서 나온 세이지 스승님이 제자 2명을 화장실로 들여보내곤 자신의 감상을 말했다.

"내가 살다 살다 처음 먹어본 최악의 음식이었다."

난 냉장고 앞바닥에 뱉은 토를 치울 생각보다 아리엔느를 걱정하는 마음이 앞섰다. 난 토를 치으기 위해 걸레를 준비 중이던 카르자야 형에게 말했다.

"카르자야 형, 아리엔느는 내가 위로하겠어."
"야, 페넨. 토한 건 같이 치워야지!"
"아리엔느가 우선이야, 뒤를 부탁할게!"

카르자야 형의 만류에도 불구하고 난 황급히 현관문을 향해 뛰쳐나갔다. 바깥에 나오니 그 정면, 아리엔느가 호숫가를 바라보며 다소곳이 앉아있었다. 흐느끼는 소리가 들렸다. 아직도 마음이 매우 아픈가

보구나, 라고 짐작되었다. 난 조용한 발걸음으로 옆에까지 이동한 후, 말없이 앉았다. 아리엔느가 내 인기척을 느끼더니 울음을 멈추었다. 아리엔느는 말이 없었다. 나도 없었다. 그저 호숫가를 바라보기만 하였다. 하지만 이런 침묵의 분위기가 싫지만은 않았다. 난 아리엔느의 마음이 진정되길 바라는 마음에서 침묵을 유지했고, 아리엔느도 내 마음을 아는 것 같았다. 3분이 지났을까, 나는 아리엔느 쪽으로 몸을 기울인 뒤 말을 꺼냈다.

"아리엔느, 진정 좀 됐어?"
"네… 조금…"
"나 바라볼 수 있겠어?"

내 말에 아리엔느는 조금씩 천천히 고개를 내 쪽으로 돌렸다. 서로의 눈이 마주쳤다. 아직도 그녀의 눈가에는 습기가 가득했다. 언뜻 보아하니 눈물이 흐르기도 한 것 같았다. 얼굴의 화장이 알게 모르게 지워졌다. 흐르는 눈물은 스스로 다 닦은 것 같길래 난 손가락으로 그녀의 눈가에 남아있는 눈물을 닦아주었다. 내 행위에 아리엔느의 눈이 계속해서 감긴다. 눈 감은 모습도 참 예쁘구나, 너는…

"페네시스 오라버니, 백작님이나 오라버니가 토한 건 다 제 요리 때문이죠?"

아리엔느의 눈물은 다 닦아주었으나 아직도 기분이 울적한지 목소리는 울다 만 여자아이의 목소리였다. 난 이미 이 질문을 예상하고 있었기에, 아리엔느의 마음에 거슬리는 말은 모두 제외하였다.

"사실 우리 일행이 아침 점심 사이에 피자를 먹었거든. 혹시 이게 문제가 된 게 아니었을까? 요새 여름이라 음식이 빨리 상하거든. 세이지 스승님이 그걸 세릴에서 우리 별장까지 가져왔으니… 그리고 아리엔느, 너는 백작님이 지시한 대로 요리했을 뿐이잖아? 카레가 맛 없을 리도 없고, 실제로 카레가 맛없진 않았어."

"그게 정말이에요, 오라버니?"

"그럼. 카르자야 형은 계속해서 꾸준히 먹고 있었던 거 너도 봤잖아? 카르자야 형은 피자를 덜 먹었었거든."

"……"

"내 말만 믿고 마음 편히 가져. 네가 잘못한 게 아니야."

"… 정말이죠?"

"그래. 그러니까 걱정하지 마."

"휴우, 다행이다… 전 제가 잘못한 줄 알고 걱정 많이 했거든요. 그래서 눈물도 났구… 페네시스 오라버니 아니었으면 실컷 울었을 거예요."

황족 중에서도 내 말은 아버지나 어머니가 해주는 말처럼 철통같이 믿는 아리엔느다. 지금 이 별장에서 아리엔느를 위로해줄 수 있는 사람은 나밖에 없다 해도 과언이 아니다. 어쨌든 아리엔느가 내 말을 듣고 힘이 났고, 그녀의 입에서 울음 섞인 목소리가 더는 나지 않았다. 우리는 가끔 웃는 얼굴을 보이며 잡담을 나누었다.

"샤이나르가 밤에 또 세릴로 튀었길래 카르자야 형과 내가 찾으러 갔는데, 아니 글쎄 샤이나르가 괴한에게 붙들렸지 뭐야? 관청 5분 대기조가 출동하려고 했는데 나하고 카르자야 형이 나서서 해결하겠다고 자처한 뒤, 시장에서 샤이나르를 인질로 잡은 괴한과 대치하다 결국 샤이나르를 구했어."

"어머머머… 하마터면 샤이나르 오라버니가 큰일 날 수도 있었군요."

"그리고 나랑 카르자야 형이랑 검 샀지롱! 그래서 오늘 너 오기 전까지 몬스터 소탕했었어. 늑대도 퇴치하고, 흙인형도 때려잡고… 너 젤리란 몬스터 알지?"

"실제로 본 적은 없지만… 어떻게 생겼는지 대충 알 것 같아요. 그 몬스터가 왜요?"

"젤리가 공터에 하나 있길래 검술 실력이 부족한 샤이나르 보고 혼자 싸우라고 우리가 시켰거든. 근데 그 몬스터한테 깔려버리고 아주 난리였어. 그 상황에서 샤이나르가 어떻게 대처했는지 알아? 그 몬스터를 먹었어! 하하하!"

"어머, 정말요? 몬스터를 먹어도 되는 건가요?"

"근데 멀쩡하더라고, 샤이나르 녀석."

"샤이나르 오라버니에게 전투를 시킨 건 아주 잘한 행동인 것 같아요. 샤이나르 오라버니는 그동안 검술 수련을 게을리 해왔으니까요. 좋은 경험을 쌓게 해준 것 같아요. 누구의 아이디어에요?"

"카르자야 형이야."

"아하… 그런데 의외네요. 카르자야 오라버니에게 그런 면이 있다니…"

"그건 무슨 뜻이야?"

"우리 동생들에게 호의를 베풀 성격이 아닌 줄 알고 있었어요."

"무슨 소리야, 카르자야 형 은근히 착해. 신경 안 쓰는 것 같으면서도 우릴 생각해주고 있어."

"페네시스 오라버니의 말을 들으니 그 오라버니가 조금은 다르게 보이네요."

"그리고 비스바덴 녀석, 결국 중 하급마법사 시험 합격했어."

"네, 그건 아버님에게 들어서 잘 알고 있어요."

"비스바덴이 시험 보러 수도 레타카로 올라갔을 때 원한다면 만났을 수도 있었을 텐데, 그 날 무슨 일 있었어? 비스바덴이 널 만났다는 말을 못 들은 것 같아서."

"만나고 싶은 마음이 그날따라 별로 없더라구요. 하지만 페네시스 오라버니가 시험을 치러 올라온 거였다면 얘기는 다르죠."

"하하하… 그렇군."

난 분위기에 따라 조심스럽게 아리엔느의 풀밭에 기댄 손을 살며시 붙잡았다. 이 행동을 취했음에도 불구하고 아리엔느의 저항이 느껴지지 않는다. 그래, 아리엔느도 날 원하는 것이다. 난 그렇게 생각했다.

"오랜만에 키스나 하지 않을래?"

난 단도직입적으로 그녀에게 물었다. 그녀는 아무 말 없이 나를 응시했다. 나도 그녀를 바라보았다. 우리의 얼굴이 점점 가까워지고 있었다. 서로 눈을 감았다. 그녀의 앵두 같은 입술에 내 입술을 갖다 대려는 순간이었다.

"분위기 깨서 미안한데…"

우린 순간 눈을 뜨고 멈칫하다 목소리가 들린 뒤쪽을 바라보았다. 뒤쪽에는 카르자야 형이 떡하니 서 있었다.

"페넨, 세이지 스승님이 부르신다."

우리가 그렇고 그런 짓을 하려는 걸 못마땅하게 여기는 카르자야 형이었기에 이게 거짓말이란 사실도 당연히 알고 있었다.

"아, 그래? 아리엔느, 나 잠깐 갔다 올게. 카르자야 형은 혹시라도 몬스터가 나타날지 모르니까 아리엔느하고 같이 있어줘."

"그래."

나 혼자만 생각하는 것은 개인주의가 아닌 이기주의다. 가끔은 상대방에게도 기회를 주는 것이 매너, 나는 그렇게 생각했기에 카르자야 형의 말에 따라 자리에서 일어나고는 엉덩이 부분을 훌훌 털었고, 별장을 향해 달려갔다.

"세이지 스승님, 저 부르셨나요?"
"음? 아니, 안 불렀다."

역시 거짓말이었군⋯ 나는 별장 2층의 발코니에 나와 호숫가 앞에 아리엔느와 카르자야 형 단둘이 앉아있는 모습을 지켜보았다. 혹시라도 카르자야 형이 어떤 짓을 할 수도 있으니까⋯ 그걸 감시하기 위해서다. 물론, 무슨 말이 오가는지도 지켜봐야겠지.

'발동해라, 토끼의 귀여⋯'

내 귀는 특수한 성질을 갖고 있다. 반경 500m 이내의 소리를 취사선택하여 들을 수 있는 능력인데, 어떠한 벽이 소리를 가로막고 있어도 그에 상관없이 들을 수 있다. 이건 마나를 활용한 마법 같은 것이 아니다. 알다시피 나는 마나를 모으는 방법조차도 모른다. 내게 이런 능력이 있다는 사실은 아무도 모르고 있다. 왠지 모르게 남에게 이러한 것을 알려주면 안될 것 같단 생각이 들어서다. 나는 이것을 '토끼의 귀'라 칭하고 있다.

"그러고 보니, 아리. 페넨이⋯ 너한테 무슨 얘기 했어?"

카르자야 형의 떨린 목소리가 처음으로 들렸다. 여전히 카르자야 형은 아리엔느를 쳐다보질 못하고 있었다. 아리엔느는 카르자야 형을 직시하고 있는데도 말이다.

"이 별장에서 있었던 일들에 관해서 얘기해 주더라구요. 샤이나르 오라버니가 괴한에게 붙잡힌 걸 그해냈다는 얘기도 듣고, 듣자하니 오늘 몬스터도 퇴치했다면서요?"
"아아, 그렇지…"
"그런 오라버니들이 너무 자랑스러워요. 제가 비록 여성의 몸을 가지고 태어나서 남성을 잘 모르지만, 이 나이대에 몬스터를 퇴치할 정도면 정말 굉장한 것 같아요."
"으, 으응… 그래…"

후후, 역시 카르자야 형답다. 아리엔느의 말에 대꾸만 해주고, 정작 자기 자신은 아무 말도 못하고 있다. 아무리 이성을 상대로 부끄러워도 그렇지, 계속 저러다 보면 나중어는 어떤 여성을 만나도 결혼까지는 못할 것 같은데… 아니, 황족이어서 가능은 하려나? 이래 봬도 제 1 황위 계승자이니까…

"아리…"
"네?"
"하고 싶은 말이 하나 있어."

오오, 드디어 카르자야 형이 말을 꺼내기 시작했다! 난 온 신경을 집중해 그 대화를 들으려 하였다.

"뭔데요?"

"내가 너를 잘 못 쳐다보는 거 있잖아…"
"네."
"그건 내가… 너를…"
"……"
"그러니까… 너를… 너를…"

카르자야 형이 말을 잇지 못하고 계속 같은 말만 반복하니, 이걸 듣고 있는 나로서도 참 답답하다. 도대체 무슨 말을 하려고 하길래 이렇게 질질 끄는 것일까?

"조, 좋아…"
"좋아?"

그런데도 아리엔느는 끝까지 카르자야 형을 응시하며 대답을 들어주려 하고 있었다. 역시 천사가 따로 없다.

"조, 좋아하니까…"

뭐야… 이거 설마 고백이야? 난 깜짝 놀랐다. 이런 분위기는 나에겐 좋지 않아, 지금 당장 방해 공작을 펼칠까? 그렇게 생각하고 있는 나였다.

"뭘 좋아한다구요?"

카르자야 형이 하던 말을 그대로 이어서 들으면 이해가 될 법도 했는데, 아리엔느는 처음에 했던 말, "너를" 이라는 말을 기억하지 못한 듯했다.

"너… 너의 음식을…"

"제 음식이요?"

"그, 그래."

"아, 그러고 보니 카르자야 오라버니는 제 음식을 끝까지 맛있게 드셔주셨죠? 너무 감사해요!"

풉… 카르자야 형, 말 돌리는 것 좀 봐… 근데, 그런 말을 해버리면 안 되지… 아리엔느가 또다시 요리할 계기를 만들어주는 것과 다를 바가 없다. 뭐, 그 전에 세이지 스승님이 요리는 자기가 하겠다고 나설 게 뻔하긴 하지만… 더는 대화를 들을 가치가 없다고 느낀 나는 토끼의 귀와 매의 눈의 사용을 중단하고 1층 거실로 내려갔다. 거실 소파에는 아까 아리엔느의 음식으로 인해 구토를 한 3인방, 비스바덴, 샤이나르, 세이지 스승님이 앉아 있었다.

"아아, 정말 최악이었어… 안 그래, 페넨 형?"

내가 다가오는 걸 가장 먼저 눈치를 챈 비스바덴이 나에게 물었고, 나는 대답했다.

"나도 썩 좋지 않았다… 아까 내가 토한 거 못 봤어?"

"우리도 그때 상태가 좋지 않았으니까, 화장실 문을 두들기면서 정신이 없었지…"

비스바덴이 그땐 정말 큰일이었다는 듯이 표현했고, 나와 의견을 맞추려 들었다. 말을 주고받다 보니 우리의 의견은 한마음 한뜻 같다는 사실을 알 수 있었다.

"다신 아리가 요리를 못 하게 해야 돼요. 안 그래요, 스승님?"

샤이나르가 명확한 답을 꺼내 들었고, 세이지 스승님은 조용히 끄덕거렸다.

"앞으로는 내가 요리하마. 모두, 아리엔느의 음식을 먹느라 고생 많았다."

근데 난 의문점이 하나 있었다. 아리엔느의 음식은 세이지 스승님의 지시에 따라 만든 것이 아닌가? 그런데 어떻게 그런 지독한 맛이 나지? 난 세이지 스승님에게 따졌다.

"요리 레시피를 모두 알려주고, 당근 같은 재료들은 내가 썰어주었다. 그런 뒤에 한번 스스로 해보라고 말한 뒤 화장실로 간 게 실수였다. 어떻게 만든 건지는 모르지만, 그 맛은 이젠 정말 생각하고 싶지도 않군."

요리 레시피를 숙지했을 정도면 절대 그런 맛이 날 리는 없을 텐데… 다른 누가 방해공작을 펼치지 않는 한 말이다.

"흐흑, 흐흑흑…"

그때였다. 현관문이 황급히 열리는 소리가 들리더니 여성의 울음소리가 났다. 시간이 지날수록 점점 더 크게 들리고 있다. 내가 확인해보려고 가보기도 전에 이미 그녀가 모습을 드러냈다. 그녀는 이미 상기된 표정이었다. 그녀는 곧바로 2층으로 올라가 버렸고, 현관문을 통해 뒤따라 천천히 들어오던 카르자야 형과 내 눈이 금세 마주쳤다.

"페넨, 잠깐 나 좀 보자."

이때 카르자야 형의 표정은 완전히 굳어있었다.

/

"카르자야 형, 아리엔느가 갑자기 왜 저래? 무슨 말 실수라도 했어?"
잠시 별장 바깥으로 나온 나는 카르자야 형에게 이래저래 물었다. 내가 토끼의 귀를 사용한 부분까지의 대화에는 분명 별 문제가 없었을 터…

"페넨, 너… 아리한테 뭐라고 했냐? 요리에 관한 얘기 말이야."
"아침 점심쯤에 먹은 피자 때문에 다들 토한 것 같다고 적당히 둘러댔지."
"역시… 그렇군."

내가 아리엔느의 요리에 대해 위로를 다 했다는 사실을 카르자야 형은 모르고 있었다. 그렇기에 아리엔느에게 위로할 겸 형이 먼저 이번 요리에 대해 이야기를 했다는 것이다.

/

"저기… 아리."
"네, 카르자야 오라버니."
"이번 요리는 실패작이었지만, 넌 아직 초보자에 속하니까 이런 결과는 어쩔 수 없는거야."
"… 네? 음식 맛이 없었나요? 하지만 페네시스 오라버니는…"

"… 페넨이 뭐라고 말했어?"
"토한 건 분명… 피자… 때문이라고…"

/

이러한 경위로, 아리엔느는 충격에 휩싸여 또다시 눈물을 터뜨렸다는 것이다. 그래서 2층으로 휙 올라가버린 거고… 모처럼 위로해준 내 말이 이제는 소용없게 되었다. 그렇다고 무턱대고 카르자야 형을 탓할 수도 없는 노릇이고, 실제로 나는 카르자야 형에게 대든 적도 없었기에 화를 내며 감정 싸움을 할 이유가 없었다.

"어떻게 하면 좋을까, 페넨…"
"우선은 나한테 맡겨. 지금 이 상황을 호전시킬 사람은 나뿐이야."
"… 그래, 아리를 부탁한다."

카르자야 형마저도 나에게 부탁할 정도이니, 이 상황이 보통 상황이 아님은 분명하다. 카르자야 형은 조용히 호숫가로 향했고, 난 다시 별장에 들어갔다. 거실에 있었던 인원들이 내게 "파이팅!" 을 외쳤다. 난 OK 사인을 보낸 뒤 2층으로 올라갔다. 계단을 올라가고 있는데 아리엔느가 흐느끼는 소리가 계속해서 들렸다. 이 목소리가 어디서 새어 나오는 것인지 확인해보니, 그녀는 나와 카르자야 형의 방에 들어가 있는 듯했다. 방에 입장하니, 아리엔느가 내 침대에 엎드려 한 팔로 눈을 가리며 곡을 하고 있었다. 이걸 어쩐다… 난 카르자야 형의 침대에 앉아 그녀에게 할 수 있는 말을 떠올리기 바빴다.

"… 페네시스 오라버니."

내가 당도한 것을 어떻게 알았는지 아리엔느가 울음을 멈추더니 그 자세 그대로 내게 물었다.

"……"

"페네시스 오라버니는 거짓말쟁이였군요."

"… 아리엔느, 가끔은 선의를 위해 거짓말을 할 필요가 있어. 오늘 같은 경우가 그랬어."

"자신이 거짓말을 한 것을… 정당화시키는 거예요?"

"우선 자리에 제대로 앉고 서로 눈을 마주치면서 이야기를 하는 게 어때? 그게 좋겠다."

"제가 그렇게 해버리면… 창피할 것 같아요. 아까부터 많이 울다보니… 지금 얼굴 꼴이 말이 아니어서… 제 얼굴을 페네시스 오라버니에게 보여드리고 싶지 않아요."

"그럼 화장 고치고 얘기할까? 그 가져온 가방에 화장 도구들도 들어있지? 가방은 어딨어?"

"여기 책상에 올려져 있어요."

"아하, 그렇구나. 그럼 잠깐 나가있을게."

… 어려운 문제다. 어떻게 하면 아리엔느의 마음을 전처럼 풀 수 있을까? 난 복도로 나오면서 그 생각만 죽어라 했다. 카르자야 형이 실패작, 초보자라는 말을 함으로써 시작된 이 울적함, 어떻게 하면… 대체 어떻게 하면…

"다 됐어요. 들어오세요."

에이, 모르겠다. 실전에 맡기자! 나는 불안한 마음을 정리하고 안으로 들어갔다. 아리엔느는 이번엔 침대에 얌전히 앉아있는 상태였다.

화장도 고쳤는지 얼굴이 새하얗고 예쁘다. 그녀는 원망스러워하는 눈빛을 하며 날 직시하고 있었고, 나 또한 그 눈빛을 피하지 않았다. 얌전히 걸어 들어가 그녀의 옆자리에 앉았는데, 그녀는 그 이후부터 시선을 허공에 두기 시작했다. 아리엔느가 말이 없는 걸 보니 내가 먼저 말하길 바라는 듯했다.

"아리엔느… 힘들었어?"
"… 네."
"미안해. 내가 거짓말한 게 너를 힘들게 만들 줄 몰랐어."
"……"
"앞으로는 선의라 할지라도 너에겐 거짓말하지 않을게."

이때, 허공을 주시하고 있던 아리엔느의 고개가 내 쪽을 향했다.

"… 네, 정말로 그래주셔야 돼요?"
"응, 물론이지. 그럼 거짓말에 대한 부분은 다 해결된 거지?"
"그래요."

아리엔느의 표정이 조금은 나아진 게 눈에 확 띄었다. 다행이다. 한 가지는 무사히 해결되었다. 이제 두 번째만 남았는데…

"그리고, 요리에 대한 건 말이야… 세이지 스승님이 너에게 요리를 가르쳐주다 화장실에 들어갔던 건 기억나니?"
"네, 기억나요."
"그때 어떤 조미료 같은걸 넣진 않았니?"
"에, 그때… 네, 넣었어요."
"얼마나?"

"얼마라뇨… 다 넣었죠."

 지독한 맛의 원인이 여기에 있었군… 세이지 스승님은 아리엔느에
게 조미료를 넣으라곤 말했었겠지간, 다 넣으란 말은 하지 않았을 게
분명하다. 그나저나 아리엔느도 자기가 만든 카레를 몇 번 먹어봤을
텐데, 왜 아리엔느에게는 아무 이상이 없지? 자기가 만든 게 맛없다는
생각도, 속이 울렁거리지도 않았나보다.
 "아리엔느, 조미료를 넣는 것 자체에는 문제가 없어. 하지만 그 양이
지나치게 많았던 것 같아. 적당히 넣었다면 분명 맛있는 카레가 됐을
거야."

 분명 아리엔느를 지적하는 말이긴 하지만 그것이 크게 거슬리지 않
는, 부드러운 말투로 문제점들을 가리키며 요리를 잘 할 수 있는 방법
에 대해 설명하자 아리엔느는 어느새 기분 좋아보이는 얼굴이 되어있
었다.

 "페네시스 오라버니, 저… 속죄하는 의미에서 오늘 저녁에 카레를 다
시 만들어봐도 될까요?"
 "그래그래, 그게 좋겠다. 이제 기분은 다 풀렸나 보네? 내게 웃는 모
습도 보이고 말이야."
 "네, 다 페네시스 오라버니 덕분이에요."
 "이제 기분 풀렸으면 카르자야 형어게 가보는 게 어때?"
 "… 카르자야 오라버니에게요?"
 "창문을 한번 봐봐."

 아리엔느와 내가 창문을 통해 바깥을 바라보자, 호숫가 앞에 앉아
호숫가만 쭉 쳐다보고 있는 카르자야 형의 외로운 등짝이 보였다. 자

신이 아리엔느에게 큰 상처를 주었다고 생각하고 있을 테니 지금도
마음이 무척이나 괴롭겠지. 토끼의 귀를 사용해보니 계속해서 한숨을
쉬며 혼잣말로 "아리… 아리…" 이러고 있다.

"혼자서 괴로워하고 있는 거 보이지?"
"카르자야 오라버니도 많이 힘드셨겠구나… 저 다녀올게요."
"나도 1층에 내려갈 생각이야. 같이 내려가자구."
"그래요."

하아, 그래도 다행이다. 내가 생각한 방법이 통했네? 하지만 다른 사
람이 내 방법대로 했어도 통했을까? 난 의문이 든다. 오직 나이기에
가능하지 않았을까 하는 생각이 자꾸 들었다. 우린 다정하게 손을 잡
으며 한 칸 한 칸 계단을 내려갔다. 1층에 다다르자 아리엔느가 "다녀
오겠습니다" 란 말을 남긴 채 현관문 바깥으로 나갔다. 나는 거실에
있었던 인원들에게 다가가 자초지종을 이야기했다.

"그런 이유로, 세이지 스승님. 저녁에 아리엔느가 다시 카레를 만들
게 해주시면 안될까요?"
"흐음…"

세이지 스승님은 생각에 잠겼다. 잠길 만도 하지… 암, 이해가 간다.
아까 먹은 카레는 분명 최악의 음식이었으니까. 하지만 이번엔 다를
것이다. 내가 문제점들을 정확히 알려줬으니, 아까와 같은 음식은 나
오지 않을 게 틀림없다.

"좋다. 음식 재료들도 아직 많이 남아있으니, 특별한 문제는 없다. 한
번 믿어보도록 하지."

"에엣, 스승님!"

이 말을 들은 샤이나르는 스승님에게 이것저것 따지기 바빴다. 그럼 아까 내렸던 결정은 대체 뭐냐고, 이러한 얘기들뿐이었다. 비스바덴 또한 세이지 스승님의 결정에 미덥지 못한 얼굴이 된 채였다.

/

"저… 카르자야 오라버니.'

호숫가 앞에 앉아 멍하니 호숫가만을 쳐다보고 있었던 카르자야에 게 찾아간 아리엔느는 그 옆에 단정히 앉더니 조심스러운 목소리로 그에게 말했다. 설마 아리엔느가 자기에게 찾아올 거란 생각을 못 하 고 있었던 카르자야는 깜짝 놀라며 무심코 그녀 쪽을 바라봤다. 천사 라고 불려도 좋을 만한 외모를 가진 그녀, 그것도 웃음기가 가득한 얼 굴을 드디어 정면으로 쳐다보는 카르자야 형… 하지만 그것도 잠시, 3 초가 흐르니 더는 못 버티겠는지 고개를 금세 호숫가 쪽으로 돌려버 렸다. 카르자야 형의 얼굴이 점점 붉어지기 시작했다.

"아, 아리. 너였구나… 아깐 미안했어."
"아뇨, 괜찮아요. 이미 다 울었는걸요."
"웃는 모습을 보아하니 기분이 다 풀렸나 보구나… 페넨이 뭐라고 했 어?"
"제 요리가 맛이 없었던 이유에 대해 알려주셨어요. 제 문제점이 뭐 였는지 알겠더라고요. 저, 그래서… 사죄하는 의미에서 오늘 저녁에 다시 한 번 제대로 카레를 만들어볼까 해요."
"그래, 그것도 괜찮겠지…"

"카르자야 오라버니, 그런데 얼굴이 왜 이리 빨개지셨어요?"
"… 응? 으앗!"

아리엔느가 카르자야의 오른쪽 볼에 손을 갖다 댔다. 그녀의 갑작스러운 행동에 카르자야 형이 놀라더니 어찌할 줄 모르며 아리엔느를 슬쩍 본다.

"어머, 더 빨개지고 있어요! 이거 열 아니에요?"

아직도 카르자야의 마음을 모르는 아리엔느는 남이 엿들으면 웃길 만한 대사를 날렸고,

"그, 그럴지도 몰라… 얼른 별장으로 들어가서 쉬어야겠어. 아리, 슬슬 일어나자고."

그걸 또 인정해버리는 카르자야였다. 아리엔느는 거실로 와서 우리 일행들과 얘기를 나눴고, 카르자야 형은 2층 자기 방 침대에 눕더니 무표정인 채로 오른쪽 볼을 자기 손바닥으로 만지며 중얼거렸다.

"아리가 내 볼을 만졌어…"

카르자야 형은 아직도 실감이 잘 안 나는 듯하다.

/

그렇게 점심 소동이 마무리되고 1시간 뒤, 우리는 마법 수련을 하러 단체로 별장 바깥 풀밭에 나왔다. 물론, 미니 드레스에서 평상복으로

갈아입은 아리엔느도 함께다. (미니 드레스 입은 아리엔느, 정말 예뻤는데!) 사실 아리엔느는 기초적인 백마법, 치유계의 마법을 활용할 줄 아는 백마법사다. 아직 국가 내에서 마법사로 공인되진 않았지만 말이다. 단지 시험을 보지 않은 것뿐이다. 백마법은 어떻게 습득했을까?

바로 어머니에게서다. 어머니가 젊었을 땐 한창 잘 나가던 백마법사였다고 한다. 아리엔느는 그런 어머니로부터 사랑을 듬뿍 받았고, 백마법도 자연스럽게 배우게 되었다. 하여튼 뒤쪽에서 세이지 스승님과 아리엔느가 지켜보는 가운데, 비스바덴이 풀밭에 다소곳이 앉아 호숫가를 바라보던 카르자야 형과 나, 샤이나르를 지도하고 있다.

"자, 마음을 열고, 자연의 기를 그대로 받아들이는 거야."

비스바덴은 전에 했던 말을 그대로 반복해가며 우리의 뒤쪽에서 한 명씩 양쪽 어깨를 붙잡아보고 있었다.

"카르 형, 긴장 좀 풀어. 원래 마나를 모을 땐 몸에 힘이 들어가면 안 돼."
"닥쳐, 나한테 명령하지 마."

아리엔느가 지켜보고 있는데도 불구, 카르자야 형은 비스바덴 싫어하는 티 내는 것을 그만두지 않았다. 이에 비스바덴은 주눅이 들었다.

"… 알았어. 페넨 형은, 음… 좋아, 이 상태로 계속해서…"
"비스 형, 나도 좀 봐줘."
"알았어, 샤이. 잠깐만 기다려 줘."

　이렇게 셋은 약 1시간가량 마나를 모으는 연습에만 몰두하였는데, 이게 마음대로 될까? 우린 또다시 실패하였다. 비스바덴은 마법 수련도 꽤 오래 했고 박식하니 그렇다 쳐도, 우리보다 마법 수련을 덜 한 아리엔느보다 못한 존재로 남아있다는 것 때문에 자존심이 상할 수밖에 없다. 우린 부끄러운 표정을 지으며 자리에서 일어났다. 이때, 아리엔느가 곁에 있던 세이지 스승님에게 물었다.

　"백작님, 그런데 검술 수련은 언제 하죠?"
　"특별히 일이 없는 한 아침에 한다."
　"그런가요… 모처럼 카르자야 오라버니와 페네시스 오라버니의 검술 대결을 보고 싶었는데…"
　"호오? 별장에 오기 전에도 둘이서 검술 대결을 벌인 적이 있었나?"
　"아뇨, 다만 재밌을 것 같아요!"
　"샤이나르, 별장에 가서 목검 2개 가져오너라."

　세이지 스승님의 말을 들어보니, 아리엔느의 말을 듣고는 흥미가 생겨서 우리에게 또다시 검술 대결을 시키시려나 보다. 이거 곤란한데…

　"형들, 여깄어."

　별장에 다녀온 샤이나르가 카르자야 형과 나에게 목검을 하나씩 건넨다. 난 받자마자 카르자야 형을 쳐다봤는데, 카르자야 형 역시 나를 바라보고 있었다. 우린 서로 거리를 두었다. 아리엔느가 지켜보는 이번에 패배한다면 분명히 망신이 될 것이다. 난 이번만큼은 절대 질 수 없다. 나는 카르자야 형에게 외쳤다.

"카르자야 형, 나 이번엔 형을 이길 수 있을 것 같아. 이번에야말로 종지부를 찍겠어."

"… 아리가 지켜보고 있기 때문이냐?"

"아리엔느는 승리의 여신이니까."

"아리는 너 하나만 지켜보는 게 아니야. 나 또한 지켜보고 있다. 그러니까 쌤쌤이, 아무것도 아니다."

"과연 그럴까?!"

난 기세 좋게 앞으로 달려나갔다. 내려치기만을 반복하며 카르자야 형을 계속해서 뒷걸음질 치게 만들었다. 하지만 그걸 모두 막아낸 카르자야 형이 불시에 내 급소를 향해 공격해 들어왔다. 난 이 공격을 튕겨내고는 목검을 우에서 좌로 움직이며 허리를 노렸으나 이마저도 실패하였다.

「탁!」

서로의 목검이 맞닥뜨리자 이를 지켜보던 이들의 탄성이 흘러나왔다. 목검들은 부들부들 떨리며 서로 밀어내려 하고 있었다. 마치 누구 힘이 더 세나 시합하는 것 같았다. 더불어 눈빛 교환도 하였는데, 역시 형도 지고 싶지 않은 얼굴을 하고 있었다. 필사적이다. 하지만 더 필사적인 건 나다!

난 맞닥뜨리고 있던 목검에 힘을 더 주어 밀리지 않으려는 것처럼 보이다가 갑자기 몸을 옆으로 움직이면서 목검에 실었던 힘을 뺐다. 그랬더니 카르자야 형이 허공에 목검을 내려치는 자세가 되었고, 난 내 목검 손잡이로 카르자야 형의 얼굴을 가격할 수 있는 상황이 주어졌다. 난 재빨리 카르자야 형의 이마를 가격했다. 이 공격에 당한 카르자야 형은 뒤로 주춤했다.

"어머, 이마에서 피가!"

저 멀리서 아리엔느의 걱정이 가득한 목소리가 나왔다. 카르자야 형의 이마에서 흘러나오기 시작한 피는 멈출 줄 모르고 코의 양옆으로 계속해서 흘렀다. 그런데 카르자야 형은 목검을 앞세우며 목검 대결을 그만두려 하지 않았다. 설마 피가 나오고 있다는 사실을 모르고 있는 건가?

"카르자야 형, 이마에서 피가 흐르고 있어. 우선 응급처치부터…"
"덤벼, 이 자식아."
"카르 형…?"

항상 사람을 부를 땐 본명을 부르는 게 습관이 됐던 내가, 그 말에 깜짝 놀라서 순간 나도 모르게 형의 애칭을 불러버렸다.

"자, 이번엔 내 차례다. 간다!"

카르자야 형이 나를 향해 달려오기 시작했다.

/

이쯤에서 잠깐 과거를 회상해볼까? 난 위대하신 아버지의 둘째 아들이라 그런지 언제나 2등이었다. 검술 수련이나, 마법 수련 같은 것들을 할 때도 항상 나보다 한 수 위의 사람이 존재했다. 검술 면에서는 카르자야 형이, 마법 면에서는 비스바덴이 나보다 앞섰다. 전에 진행했던 역사 퀴즈 대결에서도 난 카르자야 형과 샤이나르를 누르고 2등을 차지했다. 그리고 이건 아직 언급한 적이 없는데, 형제들끼리의 체스 대결마저도 비스바덴이 1등, 내가 2등이다. 이렇듯 난 지금껏 단 한 번도 최고의 자리에 선 적이 없었다. 즉, 난 어중간한 존재이다.

"왜 전 항상 2등인 거예요, 아버지…?"
"한 사람이 무조건 최고가 될 순 없는 거란다."
"왜 전 항상 2등인 거예요, 어머니…?"
"노력을 더 해보렴. 노력은 사람을 배신하지 않는단다."

이것들은 거짓말이다. 난 그에 상응하는 노력을 해왔다. 하지만 뭘 하든 2등이다. 1등이 될 수 없었다. 난 왜 최고가 될 수 없는 거지? 많은 생각을 해왔지만, 답을 찾아낼 수 없었다. 나는 이번엔 카르자야 형에게 물었다.

"카르자야 형."
"왜?"
"난 왜 2등인 걸까…?"
"2등이 싫어?"
"응."
"글쎄, 아무리 노력해도 1등이 아닌 2등인 거면 그건 문제가 있지."
"맞아."
"하지만 너는 최고가 아니기에 최고가 되기 위해서 계속해서 노력할 수 있지. 그리고 2등은 높은 등수에 속해. 난 뭘 하든 2등을 하는 네가 부럽다."

이건 최고가 할 수 있는 변명이다, 난 그렇게 생각하였다. 이건 암만 생각해도 답이 아닌 것 같아… 내 답답함을 해결해 줄 수 있는 사람이 황궁 내에서 누가 있을까? 난 그런 의미에서 또 다른 최고, 비스바덴을 찾았다. 찾아가 보니 그는 자기 방에서 오늘도 열심히 책을 읽던 중이었다.

"비스바덴, 너는 내 고민을 해결해줄 수 있을까?"
"뭔데, 페넨 형?"

그는 내 말을 진지하게 경청하려 들었다.

"… 여기까지야. 난 솔직히 말해서 1등을 하고 싶거든? 못하는 이유가 뭘까?"
"2등 콤플렉스구나."
"2등 콤플렉스?"
"응, 2등 콤플렉스에는 어떠한 이유도 없어. 형은 2등만 하는 운명을 타고난 거야. 하지만 이걸 나쁘게 받아들이진 마. 2등이어서 좋은 점도 있고, 나중엔 이 운명을 바꿀 수도 있으니까."

2등이어서 좋은 점도 있다라… 위대하신 아버지나 어머니, 카르자야 형의 말보단 훨씬 위로가 되었다. 고맙다, 비스바덴. 덕분에 조금은 마음이 편해졌다. 그래, 난 어쩌다 1등을 넘어설 수도 있는 위협적인 2등이 되겠어.

/

「탁! 탁!」

젠장, 젠장! 카르자야 형의 공격이 굉장히 날카로워서 난 막아내기에 급급했다. 카르자야 형은 너도 나처럼 돼보란 식으로 내 얼굴을 중점적으로 공격해오고 있다. 이 공격을 중단시키려면 나도 카르자야형과 비슷한 힘을 발휘해 상대방의 검 놀림을 중지시켜야 한다. 그런데 이게 말이 쉽지… 난 계속해서 뒷걸음질 치다 발을 헛디뎌 뒤로 넘어졌고, 카르자야 형이 마지막 일격을 날리려 들었다. 이에 난 옆으로구르며 그 일격을 피했고, 다시 일어섰다.

"하아… 하아… 카르자야 형, 예전보다 더 강해졌네?"

나는 거친 숨소리를 내뱉으며 형에게 말했다. 하지만 카르자야 형은말이 없었다. 형은 반드시 날 쓰러드리겠다는 각오를 다진 듯한 무서운 얼굴을 하고 있었다. 이제는 말을 섞기도 싫다는 건가… 오히려 내가 더 분발해야겠는걸?

"형, 이번엔 내가 먼저 간다!"

「탁! 탁!」

난 종베기와 횡베기를 난무해가며 상대방의 움직임을 살폈다. 목검을 부딪칠 때마다 느껴졌던 형의 힘이 가면 갈수록 줄어들고 있는 게느껴졌다. 형도 슬슬 체력이 한계에 다다른 모양이다. 난 내려치기를할 것처럼 페이크를 주다가 좀 더 접근해 세게 올려치기를 하여 카르자야 형의 검을 저 멀리 날려 보냈다. 이를 지켜보던 일행들이 환호성을 질렀다.

"……"

카르자야 형의 얼굴이 씁쓸한 표정으로 바뀌었다. 금방이라도 눈물을 흘릴 것 같았다.

"크, 크흐흑…"

아니, 형은 고개를 떨구며 눈물을 흘리기 시작했다. 난 얼른 상의 주머니에서 손수건을 꺼내고는 카르자야 형에게 다가가서 얼른 이마에 난 피부터 닦아주려고 했다. 그런데 이런 나의 호의를 손으로 뿌리치는 것이 아닌가. 난 계속 카르자야 형을 보며 망설이다 말을 꺼냈다.

"카르자야 형, 2등인 것은 최고가 아니기에 최고가 되기 위해서 계속해서 노력할 수 있다고, 형이 예전에 말했었지? 그 말, 좋은 말이야. 오늘 난 형을 처음으로 이겼어. 하지만 그렇다고 너무 울지 마. 난 드디어 1승을 한 것뿐이야. 아직 1등은 형이야."
"카르자야 오라버니, 우선 치료부터 할게요."

어느샌가 다가온 아리엔느가 다가와 말했고, 카르자야 형은 고개를 들었다. 아리엔느는 상처가 난 이마 부위에 손을 올려대며 '상처 회복'이라는 주문을 외우기 시작했다. 그리고 그 주문이 끝나자마자, 이마에 난 상처는 원래부터 없었던 것처럼 말끔히 사라졌다. 카르자야 형은 자기 눈물을 닦으면서 부끄러운 모습을 지우려고 노력했다. 하여튼, 이로써 검술 대결이 모두 끝났다. 일행들이 별장으로 돌아가고, 나와 아리엔느는 풀밭에 앉아 호숫가를 아무 이유 없이 바라보며 대화를 하였다. 아리엔느는 오늘 내 승리에 신이 난 듯한 얼굴이었다.

"페네시스 오라버니, 오늘 정말 멋있었어요. 카르자야 오라버니를 상대로 첫 승리 맞죠?"

"응, 이 별장에 와서 6번 정도 대결했었는데, 다 졌었어. 카르자야 형은 역시 강해. 오늘 승리도 운이 따랐기에 망정이지, 안 그랬으면 내가 졌을 거야."

아무렇지도 않다는 듯이 말하고는 있지만, 난 사실 되게 신났다. 한 번도 못 이겨본 카르자야 형을 검술로 이겼으니 말이다.

"아니, 아리엔느가 지켜봐 줘서, 그래서 이긴 걸지도. 하하하."

난 했던 말을 급히 수정했다.

"잘했어요, 오라버니. 후훗."

아리엔느가 칭찬 겸해서 내 손 하나를 포근하게 잡았다. 얼마나 마음씨가 고우면 손이 이렇게도 따뜻할까… 다른 일행은 별장으로 들어갔고,

"아리엔느, 별장 안은 좀 더우니까, 우리 저녁때까지 여기서 누워있을까?"
"네, 좋아요."

우린 마치 커플이라도 되는 마냥 서로를 부둥켜안으며 풀밭에 누워 잠이 들었다.

제국의 반역자 1

지 은 이 최승태

1판 1쇄 발행 2019년 05월 27일

저작권자 최승태

발 행 처 하움출판사
발 행 인 문현광
교   정 홍새솔
편   집 홍새솔
주   소 전라북도 군산시 축동안3길 20, 2층 하움출판사
I S B N 979-11-6440-032-4

홈페이지 http://haum.kr/
이 메 일 haum1000@naver.com

좋은 책을 만들겠습니다.
하움출판사는 독자 여러분의 의견에 항상 귀 기울이고 있습니다.

이 도서의 국립중앙도서관 출판예정도서목록(CIP)은 서지정보유통지원시스템 홈페이지(http://seoji.nl.go.kr)와
국가자료종합목록 구축시스템(http://kolis-net.nl.go.kr)에서 이용하실 수 있습니다. (CIP제어번호 : CIP2019019766)